岩 波 文 庫

32-534-3

カ ル メ ン

メ リ メ 作
杉 捷 夫 訳

岩 波 書 店

Prosper Mérimée

CARMEN

1845

訳者序

『カルメン』(Carmen)は一八四五年十月雑誌『両世界評論』に現れた。メリメが四十三歳の時の作である。『コロンバ』(一八四〇年)とともにメリメの最高の傑作であることは今日あまねく人々の認めるところである。(もっとも作者自身は『イールの女神像』〔一八三七年〕を以て唯一の傑作と見なしていた。)

『カルメン』において、メリメの好み、メリメの傾向、メリメの手法は、完全に長所を発揮している。『コロンバ』でも、また初期の短篇でもそうであるが、ここでもメリメ好みの人物が縦横に活躍し、心にくいばかり簡潔な描写は、スペインという地方色の中に、人物の一挙手一投足を、あざやかに浮び上がらせずには置かない。「トルコ風に坐って」(胡坐《あぐら》をかいて)オレンジの皮をむきながら、深い軽蔑の眼をホセに投げつけるカルメン、握りこぶしを腰にあてて地団太《じだんだ》を踏みながら、早く殺してくれとホセをうながすカルメン、一度読んだ読者はとうていこの女の姿を忘れることはできないであろう。

メリメは『カルメン』を書く以前に二度スペインを旅行している。しかし『カルメン』の題材が主として最初の旅行の時（一八三〇年）に得られたものであることは、帰来数年にわたって発表された準短篇小説とも云《い》うべき『スペインからの手紙』（雑誌『パリ評論』の主筆、『芸術家《ラルティスト》』の主筆、にあてたもの五通、ほかにソフィ・デュヴォーセル嬢にあてた同じ性質の物が一通あるがこれは一九〇〇年まで未発表のままになっていた）の中の『盗賊』と題するものや、『スペインの占い女』と題するものを見ても明かである。彼はグラナダでは十分にカルメンを思わしめるような美しい一人のヒタナにあっており、ヴァレンシアの旅では、親子の占い女の営んでいる居酒屋で「美しい、いっこう陽《ひ》に焼けていない」娘の作ってくれたガスパッチョをたべている。その娘の名がカルメンシタであることも記されている。最後にメリメがその邸で手厚い歓待を受けたテーバ伯爵夫人（後のモンモンティホ伯爵夫人。ナポレオン三世の皇后ウージェニ〔エウヘニア〕の母に当る。）は、女のために人を殺してくにをうったナヴァーラ生れの男の話を作者に伝えている。これらの材料が長い間作者の頭にあったところへ、一八四一年と一八四三年にジプシーの研究家であり一面すぐれた詩人であった英人ジョージ・ボロー（George Borrow）の **The Zincali** と **The Bible in Spain** が出たので、それに刺激されて、この不朽の名著をものしたことは疑いをいれない。例によって、メリメはボローを揶揄《やゆ》しているけれども、この二冊の本を愛読しかつ啓発されたことは、一八四四年の手紙の中に「ボローは恐しく嘘をならべたてるが、時に大に推賞すべきことも言っている。」と述べているのに徴しても明かである。

『カルメン』についてのこれ以上くどくどしい解説は不必要であろう。物語の興味は十分読者を終りまでひきつけずにはおかないし、第一カルメンの名を知らない人はほとんどないと言ってもいいのだから。もっともカルメンの姿が、小説を通じてよりも、歌劇とシネマを通じて、より多く人々の胸に住んでいることも争われない事実ではある。この小訳を通じて、こうしたカルメンの愛好者に、小説のカルメンがまた別個の趣を持っていることを知っていただくことができれば、この上もない喜びである。訳者の知る限りにおいて、今までに出たカルメンの訳書で、少しの省略も行わない、忠実なものは、見当らないようであるから、この拙《つたな》い小訳もいくらかのお役には立つであろうと希望している。台本としては、拙訳『エトルリアの壺《つぼ》』と同じく、カルマン・レヴィ版を採用したが、後に一八四六年の初版に従って校訂したパイヨ版を手にいれることができたので、それに従って、二、三の点に訂正を加えた。

この小訳がいくらかでも誤謬《ごびゅう》を少くすることができたとすれば、それはひとえに、御多忙な時間をおさき下された河野与一先生の御教示によるものである。末筆ながらここに記して、厚くお礼を申しあげなければならぬ。なおこの機会に、訳者は、いろいろと貴重な御教示をたまわった諸先生、先輩友人諸氏、ならびに岩波書店当事者の御厚意に対して心からのお礼を申し述べさせていただく。

昭和四年一月

訳者しるす

改版の序

今度「カルメン」の版を新しく組み直すことになったので、この機会に数カ所の訂正を試み、註の改廃を行なった。メリメは自分の小説に註をつけるのが大好きで、註はメリメの小説では重要な役をつとめている。その点を考慮して訳者の註と原註をまったく切り離して見た。原註を原文通り欄外につけることはできないので、これは番号を打って章末に配し、訳者の註は――できれば全廃したかったのであるが、メリメには古典の引用、ことにそのパスチッシュ的引用が多く、むしろ増加してしまった――＊印を附し、巻末に一括して当該ページを指示した。原註或は稀に本文の中で〔　〕を施して（でき得る場合は活字を小さくして）ある部分は訳者の書き加えである。

昭和十一年一月

訳　者　記

カルメン

Πᾶσα γυνὴ χόλος ἐστίν· ἔχει δ᾽ ἀγαθὰς δύο ὥρας
Τὴν μίαν ἐν θαλάμῳ, τὴν μίαν ἐν θανάτῳ.

PALLADAS*

一

地理学者諸氏はかのムンダの古戦場を、バステュリ・ポエニ地方、現今のモンダに近く、マルペーリャの北方二里ばかりのところときめてかかっているが、私は昔から疑いを抱いていた。著者不明の古文書『ベルーム・ヒスパニエンセ』**〔イスパニヤ戦役〕ならびにオスウナ公のえがたい文庫の中でさがし集めたいささかの資料により、私自身のたてた推測を申すならば、シーザーが共和国の選手を向うに廻して、のるかそるかの決戦を試みた記念すべき地は、モンティーリャの附近に求むべきである。たまたま、一八三〇年初秋、アンダルシヤに遊び、未解決のまま残された諸疑問を解くべく、かなり長い調査旅行を試みた。近く私の公《おおやけ》にする小論は、すべての悪意なき考古学者諸氏の頭から、疑念を一掃するに足るであろうことを、ひそかに期するものである。右の論稿が全ヨーロッパの学界に未解決のまま残された地理学上の問題を解決し去るまで、ここに、あいのくさびとして、一席ささやかな物語を、お話しいたそうと思う。もっとも、この物語は、ムンダの位置を決定するという興味ある問題に関しては、なんらの臆断《おくだん》をくだすものではない。

コルドヴァで一人の案内人と二頭の馬をやといいれ、シーザーの『ゴール遠征記』一巻、五、六枚の下着、そのほかには荷物らしい荷物も持たずに、壮途にのぼった。一日、カチェナの平野にある高地をさまよっている時のことである。からだは疲れる、のどは渇く、それに、ジリジリと照りつける太陽の直射にやかれ、ほとほとシーザーもポンペーの息子たちも犬に食われてしまえという気になっていた。ところが、ふと、いま歩いている小道からかなりはなれた場所に、灯心草や蘆のまばらにはえたささやかな緑の草原があるのが目についた。泉が間近かにあることはあきらかである。のみならず、近づいて見ると、はたして、草原と思ったのは沼地であり、カブラ連山からさらに枝になって延びている二つの高い山にはさまれた狭い谷間から流れ出て来るらしい一条の小川が注いでいる。この流れについてさかのぼれば、たぶん蛭《ひる》と蛙《かえる》のいない冷たい水が見つかるかも知れない。おそらく、岩の間には少しくらいの日陰があるに相違ない。私はこう結論をくだした。谷の入口にさしかかると、突然私の馬がいなないた。すると、どこかでもう一匹の馬が、すぐこれにこたえて、いななないた。姿は物陰にかくれて見えない。百歩ほど進んだと思うと、急に谷がひらけ、天然にできた曲馬場のような地形が眼前に現れた。まわりにそそり立つ絶壁にさえぎられて、日の光はまったくささぬ。旅をする者にとってこれ以上に気持のいい休息場を見つけることはできない。削ったような岩の根から清水が、あわ立ちながらわきだし、雪白の砂を底に敷きつめたささやかな池に落ちている。みごとな樫《かし》の木が五、六本なぎさにそびえているが、一年中風の当るということがないらしく、泉の水を吸い上げ、みずみずしい枝をのばして、一面に冷々とした暗い木陰を落している。最後に池のまわりには、柔い、つやのある草が、この附近十里四方、どこの宿屋でもありつけないような上等な寝床を提供している。

が、このすばらしい場所を発見した名誉は私のものではなかった。すでにひとりの男がそこに休息していた。のみならず、私がはいって行った時は、たしかに眠っていたらしい。馬のいななきに眼をさましたその男は、立ち上って、馬の側へ歩いて行った。馬は主人の昼寝をいいことに、附近の草をごちそうになっていたのである。中背ではあるが、いかにも頑丈そうな若者で、暗い陰をおびた、ひとくせありげな目を光らせている。昔は美しかったかも知れない膚《はだ》の色は、陽《ひ》にやけて、髪の毛よりも濃くなっている。片手で馬の口をとり、もう一方の手には銅身の小銃をつかんでいる。白状するが、小銃とその所有者の獰猛《どうもう》な風采《ふうさい》は、いささか私のきもを冷した。しかし、うわさだけは飽きるほどききながら、本物にはいっこうであわないものだから、私は盗賊の存在を信じないようになっていた。のみならず、堅気《かたぎ》の百姓が市場へ出かけて行くのにも、武装いかめしくかまえているのを、よく見かける以上、飛道具を持っているというだけの理由で、未知の男の人格を疑う権利は私にはなかったのである。――それに第一、下着五、六枚にエリゼヴィル版の『ゴール遠征記』をどうしようというのか？　そこで小銃を持った男に向かい、親しげにうなずいて見せて、あいさつをした。それから、笑顔を作りながら、昼寝のおじゃまになりはしませんでしたかときいて見た。男は返事はせずに、私の頭のてっぺんから足のつま先までじろじろ眺めまわした。それから、得心が行ったと見えて、今度は、そのとき進み出た案内人を、同じように注意深く眺めた。案内人はと見ると、まっさおになって、あらわな恐怖を見せながら立ちすくんでいるではないか。悪いやつに出あったな！　私は心中にこう叫んだ。が、すぐに、用心深く、胸中の不安を少しも顔にださぬことにした。馬からひらりとおりると、案内人に、手綱《たづな》をはずすように命じ、泉のほとりにひざまずいて、頭と手を水の中へ浸した。それから、ギデオン*の悪しき兵士らのごとく、腹ばいになって、たらふく水を飲んだ。

　そうはしながらも、私は案内人と見知らぬ男の様子を観察することを怠らなかった。

案内人は、あきらかにいやいやながら、近寄って来た。見知らぬ男は、われわれに対して、悪意を持っているようには見えない。馬の口をはなし、初めは水平にかまえていた小銃の筒先が、今は地面に向いている。

相手が私に対して尊敬を抱いていないらしいことは気にかける必要はないと思ったので、私は草の上に長々と腹ばいになり、なにげない様子で、小銃を持った男に、ひうち石を持ち合わせていませんかときいた。同時に、私は自分の葉巻いれをとりだした。見知らぬ男は、相変らず無言のまま、ポケットを探り、ひうち石をとりだすと、急いで火をつけてくれた。明かに彼の態度は和らいでいた。男は私と向き合って腰をおろした。もっとも、相変らず武器は手からはなしていない。葉巻に火がついたので、私が残っている中で一番上等のやつを一本抜きとって、男に煙草《たばこ》をやりますかとたずねた。

――やります。

これが男の口からもれた最初の言葉であった。私は、この男がsをアンダルシヤ風（二）に発音しないことに気がついた。して見れば、この男も私と同じ旅人に相違ない。ただ考古学者ではないらしい。

――これならちょっと吸えるでしょう。ハヴァナの極上を一本すすめながら、私はこう言った。男は軽くうなずいて、私の葉巻から火を移して吸いつけると、もう一度頭をさげて礼を言った。それから、ひどくうまそうに吸い始めた。

そして最初の一ぷくを、口と鼻からゆっくり吐きながら、こう叫んだ。

——ああ！　ずいぶん久しぶりだ！

スペインでは、葉巻のやりとりは、東方でパンと食塩をわけあうのと同じく、客と主人の関係をつくりだすものである。男は私の期待していたよりははるかに話好きらしい態度を示して来た。のみならず、自分からモンティーリャ県の住人だとはいっていたが、この地方のことにはかなりうといように思われた。いまわれわれのいるこのうるわしい谷間の名前を知らなかった。附近の村の名前を一つも言うことができなかった。最後に、この附近でこわれた城壁や、縁のある大きな瓦《かわら》や、彫刻を施した石などを見かけたことはないかという私の問に対して、そういうものにはいっこう注意を払ったことがないと白状した。そのかわり、馬のことにかけては該博な知識を示した。私の馬を品評した。もっとも、これはむつかしいことではない。それから自分の馬の系図を話してきかした。なんでもコルドヴァの有名な種馬の子孫らしい。事実、持主の主張するところによれば、疲労などということを知らない、得がたい逸物で、一度など駈け足と速歩で一日三十里も走りぬいたことがある。ところが、この昔話の最中で、男は突然口をつぐんだ。そうして余りしゃべりすぎたのに、はっとして腹を立てたような顔をした。それから、少し言葉をにごしながら、つけ加えた。「なに大急ぎでコルドヴァへ行く用事がありましてね。訴訟ごとで裁判官に話があったものですから……」話しながら、彼は案内人のアントニオの方をじろりと眺めた。アントニオは目を伏せていた。

木陰と泉がひどく気にいったので、私は、モンティーリャの友人たちが案内人の背負袋の中につめてくれた上等のハムのいくきれかがあるのを思いだした。それを運ばせ、即席の弁当の仲間いりをするように、見知らぬ男を招待した。この男が久しく煙草を吸わなかったとすれば、食べる方は、少くとも四十八時間前から、一片も物を口にいれていないらしい。男は飢えた狼《おおかみ》のように、むさぼり食った。私に出あったことは、このかわいそうな男にとって、天来の福音だったに相違ない。案内人は、しかるに、いっこう食べない。飲む方はさらにいけない。のみならず、旅行の第一歩から、無類に口数の多い男として私の前に現れたにもかかわらず、少しもしゃべらない。客人のいることが彼をきゅうくつにしているらしい。そうして、原因は私にははっきりと推測しかねたが、何かある種の疑いが、彼ら両人を互いに反ぱつし合っているらしい。

早くもパンとハムの最後のきれが姿を消した。われわれは各〻《おのおの》二本目の葉巻を吹かした。馬に手綱をつけるように案内人に命じ、私はこの新しい友に別れを告げようとした。するど、男は今晩どこへとまるつもりかとたずねた。

案内人が目くばせをしたのに、気がつく暇もなく、私はヴェンタ・デル・クエルヴォ*にとまるつもりだと答えてしまった。

——旦那みたいな方のいらっしゃるところじゃありませんや……私もそこへ行くんですが、お許しがあれば、お供をさせていただいて、御一緒にまいりましょうか。

——そりゃ願ってもない。私は馬に乗りながら、こう答えた。

案内人は、あぶみをおさえていたが、もう一度目くばせをした。私は、いっこう平気だというつもりで、肩をすぼめて見せた。われわれは出発した。

アントニオの意味ありげな合図、心配そうな様子、見知らぬ男の口からもれた数語、なかでも、三十里疾走のこと、のみならず、それについて彼の与えたもっともらしからぬ説明、これらのことが、この旅の道づれの人物に関する私の考えを作り上げてしまった。自分の相手が密輸入者かおそらくは追いはぎに相違ないということを、私は疑わなかった。が、かまうことはない。私はスペイン人の性質をかなりよくのみこんでいたので、一緒に物を食べ、煙草を吹かした男に対して、いささかのおそれも抱くには及ばぬという自信があった。この男のいることこそ、かえって、あらゆるありがたくない遭遇に対する、たしかな魔よけであった。のみならず、山賊とはどんなものかということを知るのは、大いに愉快だったのである。山賊に毎日あえるものではない。危険な人物のそばにいるということは、ことに、それが温和で、すなおであることを心得ている時には、一種の魅力さえあるものである。

私は少しずつ見知らぬ男が打明け話をするように仕向けて行くつもりであった。で、案内人のたびたびの目くばせにはかまわず、街道筋を横行している追いはぎのことに話を持って行った。言うまでもなく、大いに尊敬を払って話したのである。当時、アンダルシヤには、ホセ・マリアと呼ぶ名のひびいた山賊がいて、その活躍ぶりは老若男女の口の端《は》にのぼっていた。「もしかしたら、ホセ・マリアと馬をならべているのではなかろうか？」私はひそかにこう思った。……私はこの英雄について知っているだけの話――もっともすべてこの男をほめたたえた話であるが――をした。のみならず、彼の勇気と義侠心《ぎきょうしん》に対して、心からの敬意さえ表明した。

――ホセ・マリアですか、くだらない奴ですよ、見知らぬ男は冷やかにこう言い放った。

――ほんとに自分でそう思っているのか？　それとも大いに謙遜《けんそん》しているつもりかな？　私は心中に問答を重ねた。というのは、馬を並べている男をつくづく眺めているうちに、ついにホセ・マリアの人相書をことごとく彼に適用することに成功したからである。人相書はアンダルシヤのいたるところの町々の入口に貼り出してあるのを読んで知っていた。――そうだ、たしかにあいつにちがいない……金髪、青い眼、口大きく歯並び美しき方、手小さし、上等のシャツ、銀ボタン附のビロードの上着、白革のゲートル、鹿毛《かげ》の馬……もううたがいの余地はない！　しかし、彼の忍び姿を尊重することにしよう。

われわれは宿へついた。宿は彼があらかじめのべた通りであった。すなわち、今日まで私の出あった最もみすぼらしいものの一つであった。だだっ広い部屋が一つ、これが台所と、食堂と、寝室をかねている。部屋のまんなかにある、平たい石の上に火が燃えていて、煙は屋根にあけた穴からはいだし、――というよりはむしろ低迷している。そうして、床上五、六尺のところに雲の如くたなびいている。壁にそって、床の上にらばの背中にかける毛布が五、六枚ひろげてあった。これが旅客用の寝床なのである。この家――というより今私の描写したたった一つの部屋から二十歩ばかりのところに、納屋《なや》のようなものがそびえて、それが厩《うまや》であった。この心地よき住家に、人影といっては少くとも今のところは、ひとりの老婆と十か十二くらいの女の子がひとりいるきりである。ふたりともそろって、すすのような顔色をして、恐るべきぼろをまとっている。――これぞ、いにしえのムンダ・ボエティカの住民の名残りのすべてである！　おおシーザーよ！　おお、セックストゥス・ポンペイよ！　兄《けい》らふたたびこの世に現るることあらんか、いかばかり驚かるることぞ！　私は心中にこう叫んだ。

つれの男を一目見ると、婆さんは、思わず、驚きの叫びをもらした。──おや！　ドン・ホセの親分じゃないか！

ドン・ホセがまゆをけわしく寄せて、押えつけるように手をあげると、婆さんはすぐ黙った。私は案内人の方を振り向いて、目だたないように合図をしながら、これから一緒に一夜をすごそうとしている男に関しては、ひとことも口出しをしてくれる必要のないことを知らせてやった。夕飯は覚悟していたよりははるかに上等だった。一尺ほどの高さの小さな食卓にごちそうをのせて来た。唐辛子《とうがらし》をきかせて米と一緒に煮込んだ老鶏の肉が一皿、次が油漬けの唐辛子、最後にガスパッチョ*という唐辛子を入れたサラダのようなものを食わせた。こういう具合に薬味《やくみ》をきかせた三皿の料理は、われわれを駆ってモンティーリャの葡萄酒をいれた革袋に救いを求めしめたが、この葡萄酒《ぶどうしゅ》はいみじき逸品であった。食事をすますと、壁にマンドリンがかけてあるのを見つけて、──スペインでは至る所にマンドリンがある、──給仕に出た小娘にマンドリンがひけるかときいて見た。

──だめ。だけど、ドン・ホセの親分は、そりゃじょうずですわ！　小娘はこう答えた。

私はホセに向かって、

——何か一つうたってくれませんか。お国の音楽がひどく気にいっているんですがね。

するとドン・ホセも上きげんで叫んだ。

——あんなうまい葉巻を下さった方のお頼みだ、ことわれませんや。

それから、マンドリンを受けとって、ひきながらうたい始めた。荒削りではあるが、気持のいい声だった。哀愁をおびたふしぎな曲である。文句に至っては、ひとこともわからなかった。

私は口を出した。

——私の思いちがいでなければ、いま君のうたったのはスペインの歌じゃありませんね。「地方[二]」できいたことのあるソルシコス*に似ている。文句はバスク語ですね。

——そうです。ドン・ホセは暗い顔をしてこう答えた。マンドリンをゆかの上に置き、腕組みをして、消えかかった炉の火をじっと見つめ始めた彼の顔には、ふしぎな悲しみの表情がうかんでいた。小さなテーブルの上にすえられたランプの光を半面にあびて、どこか気品があってしかもすごみのあるこの男の顔は、私にミルトンのサタン**を思いおこさせた。おそらくサタンと同じく、私の道づれもまた、見捨てて来た故郷や、一度犯した過《あやま》ちがわが身に招いた追放の境涯に思いをはせているのであろう。私はもっと話を陽気にしようとつとめた。が、彼は、何か悲しい思いにふけっていて、返事もしなかった。すでに婆さんは、部屋の片隅の細ひもの上に張り渡した穴のあいた毛布のかげにひっこんで寝てしまった。小娘は婆さんの後からこの婦人専用の隠居所にはいって行った。するると、案内人が、立ち上って、厩へついて来てくれと私をさし招いた。が、この言葉を聞くが早いか、ドン・ホセは、ぎくりと夢からさめたように、案内人に向かって、荒々しく、どこへ行くのかとたずねた。

——厩だよ。と、案内人は答えた。

——何しに行くんだ？　馬にはかいばをやってある。ここでねなせえ。旦那《だんな》も文句は言いなさるめえ。

——何さ、旦那の馬が病気じゃねえかと思うんだ。旦那に見ていただきてえと思うのさ。旦那に見せればたぶんどうってことがわかるだろうと思うんで。

アントニオが何か折入って話したいことがあるのだということは明かであった。が、私はドン・ホセに疑いを起させるのはまずいと思った。いまの場合、とるべき最良の手段は、最大の信頼を示すことであるように思われた。そこで私はアントニオに馬のことはいっこう不案内だし、眠くてたまらないからと答えた。ドン・ホセは案内人について厩へ行ったが、まもなく一人で帰って来た。馬には別状はないが、案内人が私の馬をかけがえのない大切な生き物だといって、汗をかかせるために上衣でこすってやっている、そうして、この愉快な仕事をしながら一晩あかすつもりだそうです、と告げた。話を聞きながら、私はらば用の毛布の上に身をよこたえた。もっとも、それにからだがさわらぬように、ていねいに外衣にくるまった。失礼ですがおそばにねさせていただきますとあいさつして、ドン・ホセは、入口の戸の前に横になった。が、小銃の雷管を新しいのととりかえることは忘れなかった。のみならず、銃をまくらの代りにした背負袋の下に注意深くよこたえた。寝しなのあいさつをとりかわしてから五分の後、二人とも深い眠りに落ちていた。

ひどく疲れていたので、こんな宿屋でも、大丈夫眠られるつもりでいた。が、一時間ほどたった頃、きわめて不愉快なむずがゆさが、寝入りばなの私の夢を破った。そのかゆさの本質を了解するが早いか、私はとびおきた。そうして、こんな居心地の悪い屋根の下で寝るより、野天で残る夜をすごした方が、はるかにましであると固く決心した。つま先を立てて歩きながら、私は戸口のところまでたどりついた。ドン・ホセの寝床をまたいで、――ホセは正しきものの眠りを眠っている――巧みに彼の目をさまさないように、家の外へ出た。戸口のそばには、幅の広い木の腰掛がおいてあった。私はその上に横になって、残りの夜を眠りたいと思って、できるだけ具合のいいように、あちこち着物をひっぱったり、寝返りを打ったりした。再び眼をつむろうとすると、ふと目の前を人と馬の影が、少しも音をたてずに、通りすぎたような気がした。起き上って見ると、それはアントニオらしく思われた。この男が今時分うまやの外へ出ているのに驚いた私は、たち上って、彼の歩いて来る方へ進んで行った。彼の方でさきに私を認めてたちどまった。

——奴はどこにいます？　アントニオは低い声でこうたずねた。

——家の中にいる。眠っているよ。南京虫《なんきんむし》は平気らしい。が、なぜまた馬なんかつれだすんだ？

納屋を出る時、音のしないように、アントニオが馬の足を古い毛布の切れ端しでていねいに包んでいるのに、その時初めて気がついた。

——後生だから、もうちっと小さい声で願いますよ！　旦那ぁ、何ですね、あんちきしょうが何者だかてえことを御存知ないんですね。ありゃあホセ・ナヴァロですよ。アンダルシヤに一番名のひびいた悪党ですよ。今日は一日旦那に合図をしたんだけれど、旦那にゃいっこう通じねえんだから。

——悪党だろうとなかろうと、私にゃどうだってかまいはしない。あの男がこっちのものを盗んだわけじゃなし、それに大丈夫盗む気なんかありゃしないんだ。

——そりゃそうでごぜえましょうよ！　ですがね、旦那、奴をお上《かみ》の手に渡したものには、二百デュカころげこんでくるんでさ。ここから一里半ほど行ったところに、槍騎《そうき》兵《へい》の詰所があるのを知っているんで、夜の明けないうちに、腕っ節の強い奴を五、六人ひっぱって来るつもりでがすよ。奴の馬に乗って行きてえんだが、ひどくかんの高え野《たけ》郎で、ナヴァロのほかはだれも近寄れねえんです。

——ばかを言うな！　かわいそうに、お上へ注進するほどのどんな悪いことをあの男がお前にしたというのだ？　それに、いったい、お前のいうほどの悪者だというのはたしかなのか？

——たしかなくらいはありませんや。たった今も厩《うまや》へついて来て「てめえはおれを知っているようだな。あの人のいい旦那におれの素姓《すじょう》をひとことでもぬかして見ろ、てめえのどたまに一発ぶっぱなしてやるから。」と、こう言うんです。どうか、旦那、奴のそばにいてやって下せえ。旦那にゃ何も危ねえことはありませんや。旦那がそこにいらっしゃるのを承知している間は、奴は疑いを起しませんからね。

話しながら、二人はかなり家から遠いところまで来ていた。もうひづめの音が家の中の者にきこえるはずはなかった。アントニオはまたたくまに、馬の足をくるんだぼろをといたと思うと、鞍《くら》に手をかけた。私は、おどしたりすかしたりして、ひきとめようとあせった。

――旦那、私ぁ貧乏人ですよ。二百デュカと聞いちゃむざむざ捨てられませんや。おまけにあんな悪党を片づけて、ここいらの者がまくらを高くしてねられようってえんですからね。しかし気をつけてくだせえよ。ナヴァロの奴が目をさました日には、鉄砲にとびつきますからね。いや、危ねえ、危ねえ！　私は乗りかかった舟だ、後へひくわけにはいきませんや。まあ旦那、いいようにしておくんなせえ。

ひどい奴で、早くも鞍に乗っていた。両足で馬に拍車をくれた。まもなく私は闇《やみ》の中にその姿を見失ってしまった。

私は案内人に対して大いに腹を立てたが、また、かなり気がかりでもあった。しばらく考えたすえ、決心して家の中へはいった。ドン・ホセはまだ眠っていた。疑いもなく、連日の冒険と徹夜の疲れをいまとり戻しているのであろう。私は、やむを得ず、彼をおこすために、手荒くゆすぶった。彼の血走った目と、小銃にとびついたときの動作を、私は永久に忘れないであろう。用心のために、私は彼の寝床から少し離れたところに小銃を移しておいたのである。

私は彼に向かって言った。

――君、おやすみのところをすまんが、ちょっと妙なことをおたずねしなければならんのでね。どうですね、ここへ槍を持った騎兵が六人ほどやって来るんですが、さしつかえありませんかね？

彼ははねおきた。そうして、恐しい声で私に向かってたずねた。

——誰がそう言いました？

——どこからこういう知らせが来たっていいじゃないか、役に立ちさえすれば。

——あなたの案内人が裏切ったんだ！ が、今に見るがいい！ 奴はどこにいます？

——さあどこだか……厩だろうと思うが……、とにかく私の耳にはいったので。

——誰です、言ったのは？ 婆さんが言うはずはないし。

——とにかく私の知らない男だよ……もう押問答はよそう。どうだね、あるのかね、ないのかね、兵隊の来るのを待っていられないわけが？ もし、そういうわけがあるなら、ぐずぐずしない方がいいだろう。そうでないなら、お休みなさいと言うし、君の夢のおじゃまをしたことをおわびする。

——くそっ！ きっとあの案内人だ！ あの案内人だ！ 始めから怪しいと思っていた……、今に思い知らせてやるから待っているがいい！ ごめんください、旦那！ さんざんごやっかいになりました。神様がおむくい下さいますよう！ こう見えても、旦那の思っていらっしゃるほど、まったくの悪党じゃありません。……そうですよ。私にはまだもののわかった方の御同情を受けてもいいところが残っているつもりです……ごめんください、旦那……たった一つ残念なのは、旦那に御恩返しのできないことです。
——ドン・ホセ、君につくしてあげたお礼に、一つ約束してもらいたいことがある。だれにも疑いをかけないことと、あだをかえそうなどと思わないこと、この二つだ。さあ、この葉巻は道中でやってくれたまえ。ではごきげんよう！　私は彼に手をさしのべた。

彼は、返事をせずに、それを握りしめた。小銃と背負袋をつかんだ。それから、私にはわからぬ方言でふたことみこと婆さんに何か言い残すと、納屋の方へ走って行った。しばらくたって、私は、彼が野末を風のように馬をとばせて行く物音をきいた。

私は、再び腰掛の上に横になったが、もう眠れなかった。私は心中に問答を重ねた。追いはぎを、——否《いな》、おそらく人殺しを——絞首台から救ったことは、はたして正しいことであったろうか？　しかも、単に一緒にハムを食べ、ヴァレンシア風の米料理を食べたという理由で？　国法を重んじて大いに一肌ぬいだ、私の案内人を裏切ったことにはならないであろうか？　兇漢のあだ返しに彼をさらしたことにはならないであろうか！　が、一つ宿に寝たものの義務ではないか！……いや野蛮人の偏見だ。こう私は独語した。これからあの悪漢が犯す犯罪はことごとく自分の責任になる……だがしかし、あらゆる理窟に楯つくこの良心の衝動が、はたして偏見であろうか？　おそらく、今のような面倒な地位に落ちた以上は、後悔なしには切り抜けることはできないであろう。自分の行為の是非《ぜひ》に関して、私はなお大いに迷っていた。そこへ、アントニオと一緒に六人ほどの騎兵が現れた。もっとも、アントニオは、用心深くしんがりにひかえている。私は彼らの前へつかつかと進んで出た。そうして悪漢がすでに二時間以上も前に逃亡してしまったことを告げた。婆さんは、伍長《ごちょう》にしらべられて、ナヴァロを知ってはいるが、たった一人身の暮しだし、命をかけてまで彼を密告することはようせなんだ、と答えた。それから、あの男が婆さんのところへ来る時には、いつでも夜中にたつのがきまりだとつけ加えた。私は私で、五、六里も離れたところへ出かけて、旅行券を提示し、裁判官の前で始末書に署名しなければならなかった。それがすんでから、再び考古学の探査に従事することが許された。アントニオは私を大いにうらんでいた。二百デュカの儲《もう》けを邪魔したのは私だと疑っていたのである。それでも、私たちはコルドヴァでは仲よく別れた。ふところ具合の許す範囲で多額の酒手を奮発したのである。

（一）　アンダルシヤ人はSの音を出す時、歯の間から息を強くもらす。発音の上で、スペイン人が英語の th の如く発音する弱音のC及びZと混同している。señor という一語で、アンダルシヤ人かどうかを、見わけることができる。

（二）　いわゆる「特権地方」は特別の fueros〔特権〕を享受している。アラヴァ、ビスカーヤ、グイプスクワ、並びにナヴァーラの一部がすなわちこれである。バスクがこの地方の言葉になっている。

二

私は数日をコルドヴァですごした。ドミニカン派の修道院に、ある古文書が所蔵されており、その中に昔のムンダに関する興味ある資料が発見できるはずだということをきかされていたのである。親切な教父諸氏の心からの歓迎を受けた私は、日中を僧院の中で送り、夕方になると町を歩きまわった。コルドヴァでは、日の暮れ方になると、グアダルキヴィル河の右岸に沿ったどての上に無数の閑人《ひまじん》が現れる。このどての上から、製革業で名高かったこの国の昔の名声を未だにとどめているなめし皮工場の発散する異臭をかぐのであるが、その代り、はなはだ見物がいのある光景を楽しむこともできる。夕暮の鐘《アンジェリュス》の鳴りわたる数分前、大勢の婦人がどての下の水際《みずぎわ》に集合する。どては相当に高いのである。男はただの一匹もこの群の中に混ることを許されない。鐘が鳴り渡るが早いか、夜になったものとみなされる。最後の鐘の響が消えると、婦人たちは一人残らず、着物をぬいで、水の中へはいるのである。それから叫ぶ、笑う、たいへんな騒ぎである。どての上から男どもはゆあみする女たちを眺める。目を皿のように大きくするのだが、大したものは見えない。が、濃い藍色《あいいろ》の水面にうかぶおぼろげに動く白いものの姿は、詩的精神を躍動せしめるには十分であって、いささかの想像力さえあれば、アクテオンの運命を恐るることなく、ディアーヌとその家来のニンフたちの水浴の図を頭に描くことは困難ではない。——こんな話をきいた。数名の不良少年が、ある日、鳥目《ちょうもく》を出し合って、寺の鐘つき男を買収し、きまった時刻より二十分早く鐘をつかせたことがある。まだ明るかったのであるが、グアダルキヴィル河のニンフたちは、ためらわなかった。おてんとう様より鐘の音の方を信頼し、安心しきって、水浴の身支度をした。この身支度たるや、常に最も簡素をきわめたものである。私は、あいにく、その場にいあわさなかった。私のいた頃は、鐘つき男は堅い一方の男であり、残照は明るからず、猫か何かでなければ、コルドヴァ一きれいなおしゃれ娘と、一番年をとったオレンジ売りの婆さんとを、みわけることができなかったにちがいない。

ある夕方、はやものの形も見えない頃、河岸の手すりによりかかって煙草を吹かしていると、一人の女が水際に降りるはしごをのぼって来て、私のそばに腰をおろした。女は髪にジャスマンの大きな花束をさしていたが、この花は、夕やみの漂う頃になると、むせるような香を放つ花である。女は質素な、否、おそらくは、みすぼらしい身なりをしていたにちがいない。黒ずくめで、これはたいてい夕方女工たちが着るものであり、良家の婦人は、黒い着物は朝しか着けない。夕方は、à la francesa（フランス風）の着物を着る。私のそばへ寄りながら、わが水浴の女は頭を包んでいた肩かけをすらりと肩の上へすべらせた。そうして、星より落つる薄明りに、*私はこの女が小柄で、若くて、姿がいきで、のみならず、たいへん大きな目をしていることを知った。私はすぐに葉巻を捨てた。まったくフランス流の礼儀からの心づかいを見てとると、女は急いで、煙草の香りは大好きですし、そればかりか、味のやわらかい紙巻があれば、自分でもすうくらいです、と言った。幸いにして、私は注文通りのものを煙草いれのなかに持っていたので、さっそくそれを献上した。女は快く一本受けてくれて、一銭の駄賃で子供の持って来る火なわの先から、火を移した。煙を交えながら、われわれ、この美しきゆあみの女と私の二人は、長い間むだ話をした。とうとう河岸の上にはほかに人影がなくなってしまった。ネヴェリア（一）で氷菓子をつきあってくれませんかと申し込んでも失礼にはなるまいと思ったので、言い出して見た。ちょっとはにかんで、ためらって見せてから、女は承知した。が、きめる前に、今何時だか知りたいと言った。私は時計を鳴らした。この時計の鳴るのが、女をいたく珍しがらせたようであった。——まあ、ずいぶんおもしろい発明をなさるのね、外国の方は！　旦那のお国はどちら？　きっとイギリスの方（二）でしょ？

――いや失礼、フランス人ですよ、ところで、お嬢さん、いや奥さんかも知れませんが、あなたはたぶんコルドヴァの方でしょうね？

――いいえ。

――じゃ、少くともアンダルシヤの方でしょう。あなたのやわらかい言葉つきで、わかるような気がしますがね。

――あら、そんなにいろいろな国の言葉つきがおわかりなら、私の素姓《すじょう》だってきっとおわかりになるはずだわ。

――じゃあ、天国よりほど遠からぬ、キリストの国の方でしょう。

（私はこの言い方――アンダルシヤを指しているのであるが――を、私の友人である、高名の闘牛士、フランシスコ・セヴィーリャから聞いて知っていた。）

――あら、じょうだんを！　天国だなんて……この土地の人は天国はお前らのためにできちゃいない、と言いますわ。

――それでは、あなたはモール人でしょう、それとも……。私は言葉を切った。ユダヤ人、とは言いきれなかったのである。

――さあ、さあ！　ちゃんとわかっていらっしゃるじゃありませんか、私がボヘミヤ女だということが。一つ占い(三)をしてさしあげましょうか？　カルメンシタのうわさをお聞きになりまして？　私がそのカルメンシタですわ。

その頃――といっても十五年も昔のことであるが――私はしたたかの無信仰者だったので、魔法使の女と聞いても、おじけをふるって傍から飛びすさるようなことはなかった。私は心の中でつぶやいた。「こいつはおもしろい！　先週は、街道筋の追いはぎと一緒に飯を食ったのだから、今日は一つ、悪魔の侍女とひざをつきあわせて氷菓子を食べてやれ。旅先ではどんなことでもやって見なくては。」私が女と親しくなろうとしたのには、他にもう一つ理由があった。学校を出たてに、――これは恥をしのんで白状するのであるが――私はしばらくまじないの研究にふけったために、たいせつな時間を空費したことがある。のみならず、幾度か暗の世界の精霊を呼びだそうと試みたことさえあった。よほど前からこういう探究に対する熱はさめてはいたが、すべての迷信に対し若干の好奇心を持つ傾向は依然として保有していた。ボヘミヤ人の間にどのくらいまじないが発達しているかを知るのを、ひそかに楽しみに思ったのである。

　話しながら、二人は氷屋へはいり、ガラスの丸ぶたをかぶせたろうそくの光にてらされている小さなテーブルに向かって腰をおろした。そこで、私はゆっくりとわがヒタナをながめることができた。もっとも居合わせた堅気《かたぎ》の人々は、私がこういう上等な連れと一緒にはいって来たのを見て、氷菓子を口へはこびながら、大いにあきれていた。

カルメン嬢が生粋《きっすい》のボヘミヤ人であるかどうか、私は大いに疑わしく思う。少くとも、彼女は私が今までにであった彼女と同族のいかなる婦人よりも、はるかに美しかった。スペイン人の言うところによれば、一人の女が美人であるためには、三十の条件をあわせ具えていなければならない。言いかえれば、からだの三つの部分にそれぞれあてはまる十個の形容詞を以て、品定めをなし得るようでなければならぬ。たとえば、彼女は三つの黒いものを持っていなければならぬ。目、まつ毛及びまゆ。三つの華奢《きゃしゃ》なものを持っていなければならぬ。指、くちびる、髪の毛。等々、といった具合である。残りの条件はどうかブラントーム*について見ていただきたい。私のボヘミヤ女はしかし、これほどの完成された美を誇るわけには行かなかった。肌は、もっとも、完全に滑らかではあったが、銅色にきわめて近かった。目は斜視だが、切れが長く、パッチリしたいい目である。くちびるは少々厚いが、形は端正で、皮をむいたハタンキョウの実よりも白い歯並をときどきチラリと見せていた。髪の毛は、おそらく少々ふとすぎたであろうが、漆黒で、からすの羽のように青光のする光沢を放って、丈長につやつやと光っている。余り長たらしい描写を以て諸君を疲れさすことは遠慮して、ひっくるめて次のことを申しあげておこう。欠点が一つあるごとに、彼女は必ず一つの美点をあわせており、結局その美点は、対照によってかえって美しさを発揮しているのである。ふしぎな野生的な美しさであり、一目見たものをまず驚かすが、以後決して忘れることのできない顔立ちである。とりわけ、彼女の目は情欲的であり、同時に兇暴な表情をそなえており、以後私は人間の目つきにこういう表情をみいだしたことはない。ボヘミヤ人の目、狼の目、というのはスペインのことわざであるが、なかなか鋭い観察を示しているといえよう。もし狼の目つきを研究するために動物園へ行く暇がないならば、諸君の家に飼ってある猫が雀をねらうところを、ごらんになるとよろしい。

カフェの中で占いをしてもらうのは、どうも、いささか、ぐあいが悪い。だから、私は美しい魔法使の女に向かって、どうか家まで案内してくれるように頼んだ。女は二つ返事で承知してくれた。が、もう一度何時頃か知りたいといって、再び時計を鳴らすことを所望した。

——ほんとに金でしょうか？　女は異常な注意をこめて時計をながめながら、こう言った。

私たちが再び歩き始めた時には、すでに夜はふけていた。大方の店は表戸をおろし、往来にはほとんど人影もたえていた。グアダルキヴィル河の橋を渡り、場末の街を行きつくしたところで、一軒の家の前で立ちどまった。もっとも、その家はいっこう宮殿らしくはなかった。子供が出て来て戸をあけてくれた。ボヘミヤ女は私にはわからない言葉で、子供に向かって、何かふたことみこといった。後になってわかったが、それがrommani 或《あるい》はchipe calli すなわち、ジプシーの言葉だったのである。やがて子供は、かなり広い部屋に二人を残したまま、姿を消した。部屋には小さなテーブルが一つ、腰掛が二脚、それに箱が一つおいてあった。水を入れる壺が一つ、オレンジが一山、それに玉ねぎが一束あったことを、書きおとしてはならない。

二人きりになるが早いか、ボヘミヤ女は箱の中から使い古したらしい手ずれのあとの見えるカルタと、磁石を一つと、カメレオンの干物と、そのほかに彼女の術に必要な数種の品物をとりだした。それから、私に向かって、左の掌へ銀貨で十字を切れと言った。こうして、魔法の儀式は始まったのである。彼女の予言が何であったかを、諸君にお知らせすることは、無用のことに属する。が、女のうらないの手際《てぎわ》に至っては、かけ出しの魔法使でないことは明かであった。

不幸にして、二人の間にまもなく邪魔がはいった。突然はげしい勢いで戸が開いたと思うと、こげ茶色のマントで目の下まで包んだ一人の男がボヘミヤ女の名を呼びながら、部屋の中へとびこんで来た。その言葉つきは、はなはだおだやかならぬものであった。何を言っているのか、私にはわからなかったが、声の調子は、男がきわめて不機嫌であることを示していた。この男の姿を見て、わがヒタナは驚きも怒りもしなかった。のみならず、男の方へ走りよって、すでに私の面前で使った不可解な言葉を用いて、驚くべき早口で、何事か数十言をついやした。言中にしばしばくり返された paylloというのが、私にわかるたった一つの言葉であった。ボヘミヤ人が自分の種族外のものをすべてこう呼んでいるのを私は知っていたのである。どうやら、自分のことを言っているらしいと思ったので、私はめんどうな言い開きをしなければなるまいと、覚悟をきめていた。すでに片手を一方の腰掛の脚にかけて、闖入者《ちんにゅうしゃ》の頭上にそれを投げつける潮時を見はからうべく、ひそかに推論をかさねていた。男は荒々しくボヘミヤ女をおしのけたと思うと、私の方へ向かって進んで来た。と、一歩退いて叫んだ。

——あっ！　旦那ですか！

今度は私の方でその男をじっと見つめた。それはわが友ドン・ホセであった。その瞬間、私はこの男を絞首台につりさげてしまわなかったことを、いささか後悔した。

私は、できるだけ苦笑《にがわら》いにならないように、笑顔を作りながら、叫んだ。

——やあ！　君だったのか！　この御婦人が私にたいへんおもしろいことを予言してくれているところを、君が邪魔したんだぜ。

——相変らずだ！　いいかげんにするがいいや。すごい目で女の方をにらみつけながら、口の中でこうつぶやいた。

その間にも、ボヘミヤ女は、相変らず彼女の言葉で男に話しかけていた。しだいに女は熱して来た。目は血走り、凄味《すごみ》を増して来た。顔の筋肉をひきつらせ、足で床をふみ鳴らしている。女が男に向かって、何か早くしろと、はげしくせついており、それに対して男はためらっている様子であった。そのせついていることが何であるかは、彼女のかわいらしい手が、あごの下を、何度もすばやく、行ったり来たりするのを見て、大いによくわかる気がした。どうやら、のどをずぶりとやってしまえということらしいと、信ぜざるを得なかった。のみならず、そのやられるのどが、私ののどではないかという疑いが、ないでもなかった。

この流れるような雄弁に対して、ドン・ホセは短くふたことみこと答えるばかりだった。すると、ボヘミヤ女は深い軽侮をこめたまなざしを男に投げつけたと思うと、部屋の片隅に、トルコ風に坐って、オレンジを一つより出し、皮をむいて食べ始めた。

ドン・ホセは私の腕をつかんで、戸をあけ、私を往来へつれ出した。二人はおよそ二百歩ほど一言も言葉をかわさずに歩いた。それから、腕をさしのべて、彼は口を切った。

――どこまでもまっすぐにいらっしゃい。橋のところへ出ます。

たちまち彼は私に背を向けて、急ぎ足に行ってしまった。いささかばつが悪いばかりでなく、かなり不機嫌になって、私は宿へ引き返した。一番悪いことは、着物をぬぐと、時計がなくなっていた。

いろいろ考えて見て、翌日時計をとりもどしに行くことも、市長《コレヒドール》に頼んでさがさせてもらうことも、やめにした。私はドミニカン派の修道士の手写本のしらべをすまし、セヴィーリャに向けて出発した。数カ月アンダルシヤをうろうろしたあげく、マドリードへ帰ろうと思った。それにはコルドヴァをもう一度通らねばならない。が、そこに長滞留をするつもりはなかった。私はこの美しい町とグアダルキヴィル河の水浴の女たちに対して、今は大いに反感を持っていたのである。が、五、六人友だちにも会わなければならぬし、はたすべき用件も二、三あったので、少くとも三、四日間は、昔マホメット教主等が都を定めたこの土地に足をとどめなければならなかった。

私が例のドミニカン派の修道院へ再び顔出しをするが早いか、ムンダの位置決定に関する研究に対して、たえず深い関心を示してくれていた教父の一人が、大手を開いて歓迎の意を示しながら叫んだ。

——これはこれは、ようこそ見えました！　まず神様にお礼を申さねばなりません！　私たちは残らず、あなたが亡くなられたとばかり思っておりましたぞ！　かく申す私は、幾度もパテールやアヴェをおとなえ申したものです。いずれはあなたの魂の救いになるものゆえ、決してむだ骨折とは思っておりませぬ。まこと、殺されたでなかったのか？

とられた人があなただということはわかっておりましたでな。

――いったいそりゃどういうことです？　いささか、どぎもを抜かれて、私は問いかえした。

――さよう、あなたは御存知のはずじゃ、あの引打時計を。私どもがもう祈禱所へ参入する時刻ですと申しあげると、図書室にいるあなたが鳴らして見られたものじゃ！　あの時計が見つかったのですぞ！　今にお手もとへもどりましょう。

――いや、それはその、ちょっとどこかへ落したので……。少々あわてて私はさえぎった。

――犯人は今獄につながれておりますが、こやつ小銭《こぜに》一つ奪うにもキリスト教徒に鉄砲を放ちかねぬ男だということがわかっておりますので、てっきりあなたもおやられなすったと、一同死ぬほど心配をいたしました。御一緒に市長のところへまいって、あのみごとな時計を返してもらうようにはからいましょう。さてその上で、スペインでは司法当局が無能で困るなどと、国へお帰りになってから、おっしゃらないように願いたいもので！

私は教父に向かって言った。

――うちあけて申しますが、私には一人のかわいそうな男を絞首台にかけるために、出る所へ出て証人になるよりは、あんな時計をなくす方がましなのです。ことに、何……何だからと言って……

——いやいや！　御心配は御無用。こやつ、昔からのおたずねものです。二度絞首台につるすことはできませんわい。絞首台につるすと申しましたが、そういっては間違いじゃ。そのあなたの盗人は貴族《イダルゴー》なので。だから、明後日、恩赦《おんしゃ》なしの絞罪《ガロッテ》に処せられるのです。(四)窃盗罪《せっとうざい》の一つや二つ、多くとも少くとも、変りのないことはおわかりでありましょう。盗みをしただけの話ならさいわいなのじゃが、何人ということはない人殺しをやっている。しかも、どれもこれも、いずれ劣らぬむごいやり方でな。

——名前は何といいますか？

——この国ではホセ・ナヴァロという名で通っているが、もう一つ私にもあなたにも発音できぬバスク語の名前を持っておりますわい。そこでお話があるが、一度見ておいてもよい男ですな。この国の珍らしいことを知りたがっておいでのあなたのことじゃから、スペインでは悪事を働いた男がどういう風にしてこの世に別れを告げるか、ぜひ見落しはなりますまいぞ。男は今礼拝堂で最後の教誨《きょうかい》を受けています。マルティネース神父が御案内いたしましょう。

私がこの“petit pendement pien choli”*の支度をぜひとも見るようにと、わがドミニカン僧は頑強に主張したので、ついに私もことわりきれなかった。私は、葉巻の包みを手みやげに持って、──これで心無き仕業《しわざ》の申しわけをするつもりであった──囚人にあいに行った。

ドン・ホセのそばへ案内された時、ちょうど彼は食事をしているところだった。私に向かってかなり冷やかな目礼をしたが、それから、持って行ったみやげ物に対してていねいに礼を言った。包みをわたすと、中の煙草を数えていたが、何本かとりだして、これでたくさんだからと言いながら、のこりを返した。

私は彼に向かって、少しばかり金を使うか、それとも、友人の顔で、いくらかでも彼の罪を軽くしてもらえるか、どうだろうかときいて見た。始め、悲しげに微笑をうかべ、肩をすくめてみせたが、まもなく、思い返して、自分の冥福《めいふく》のためにミサをあげてもらってくれと頼んだ。それから、はにかみながら、つけ加えた。

──いかがでしょう。もう一つ、あなたに向かって失礼なことを働いたことのあるもののためにも、ミサをあげていただけるでしょうか？

──お安い御用だ。だが、君、この国でだれからも、失敬なまねをされた覚えはないのだが。

彼は私の手をとって、じっと沈んだ様子でにぎりしめた。しばらく口をつぐんだ後、再び言葉をつづけた。

――お言葉に甘えて、もう一つ、お骨折をお願いできるでしょうか？……お国へお帰りになる時はたぶんナヴァーラをお通りになるでしょう。少くとも、ほど遠くないヴィットリヤをお通りになるにそういないと思いますが。

――さよう、きっとヴイットリヤを通るでしょう。が、パンペルーナへ行くために、まわり道をすることがないとも限らないし、それに、君のためならば、喜んで遠まわりをしよう。

――ああ、そうですか！　パンペルーナへいらっしゃれば、おもしろいものをいろいろ御覧になれるでしょう……きれいな町です……このメダルをお渡しいたします（彼は首にかけている小さな銀のメダルを指さした）。どうか紙か何かにお包みください……彼はここでちょっと言葉を切って、こみ上げて来る感動をおさえた。……後で所書きを申しあげますが、一人の老婆にこのメダルをお渡しくださるなり、それとも人を使って渡してもらうなり、どちらでもいいようにおはからいください。――私が死んだとおっしゃっていただきたいのです、どうして死んだかは、おっしゃらずにおいてください。

私は彼のたのみを実行すると約束した。私は翌日も彼に会った。そうして、その日の一部分を彼と一緒にすごした。これから諸君の読まれる悲しい一連の物語は、その時彼の口から聞いたものである。

（一）　氷室《ひむろ》というと少し大げさだが、雪置場をそなえたカフェ。スペインには、ネヴェリア(neveria)を一軒ずつ持っていない村はほとんどない。

（二）　スペインでは、キャラコや絹物の見本をかついでいない旅の者は、ことごとくイギリス人(Inglesito)ということになっている。これは東方でも同じことである。カハルキスにおいて私はΜιλόρδος φραντζέσος.（mylord français—訳者）として紹介される光栄を持ったことがある。

（三）　〔la baji〕　占い。

（四）　一八三〇年には、貴族はまだこの特権を享受していた。今日、立憲治下においては、平民もこの絞罪の権利を獲得している。

三

バスタンの谷間のエリソンド、これが私の生れ故郷でございます。名前はドン・リサラベングヮと申します。先生はスペインをなかなかよく御存知ですから、こう申しあげれば、すぐ、私がバスク人で、先祖代々のキリスト教徒だということがおわかりのことと思います。ドンなどと、柄《がら》にもないようでありますが、実は理由がございます。エリソンドに行きさえすれば、羊皮紙にしたためた家の系図をお目にかけます。家のものは私をお宗旨の方へいれるつもりで、学問をさせました。ところが、当人の私がいっこうにだめという次第です。ポーム*が好きで、夢中になり、これが身をほろぼすもととなりました。私どもナヴァーラの者は、ポームをやり出すと、何もかも忘れてしまうというしろものです。ある日のこと、私がこの勝負に勝ちますと、アラヴァ生れの若者がけんかを吹きかけて来ました。二人でマキラ棒《(二)》をさげて向かい合ったわけですが、今度もまた勝ったのは私でした。が、そのために故郷を売らなければならぬことになりました。その途中で竜騎兵の一隊に出あい、ついアルマンサの騎兵連隊へ志願兵として入隊してしまったのです。私どもの方の山国のものは、どういうものか、軍人商売というと実に早くおぼえます。私はまもなく伍長《ごちょう》になりました。もうすぐ軍曹にしてやるという内命さえあったのですが、ちょうどその時、セヴィーリャの煙草工場の衛兵の方へまわされ、これが一生の不運のもとでした。セヴィーリャの町へおいでになると、御覧になれるはずですが、あの大きな建物は、グアダルキヴィル河の岸に近く、城壁の外に、そびえております。あの工場の門や、門のそばの衛兵詰所が、今でも目に見えるような気がします。スペイン人は、当番の時には、カルタをやるかそれでなければ居眠りをしておりますが、私は何しろ生一本のナヴァーラ人ですから、いつも気を張っておりました。火坑針《エパングレット》をさげようと思ってしんちゅうの針金で鎖《くさり》をこしらえていますと、仲間の連中が、「そら鐘が鳴った。あまっちょどもが仕事にもどって行くぞ。」と口々に叫びます。御存知でもありましょうが、あの工場にはたしかに四、五百人の女が、働いております。大きな部屋で葉巻を巻くのは、この女どもの仕事で、男は監察官(二)の許可がなくては、ここへははいれないことになっております。暑い時分には、女たち、ことに若い連中は片はだ脱ぎか何かくらいにはなるからというわけです。女工たちが昼飯をすまして帰って来る時刻には、若い男が大勢その行列を見物しに集ってまいります。そして何とか口実をつけてはじょうだんをあびせるのです。もっとも薄こはくか何かのショールをもらっても、いらないといって突き返すような娘はまずありませんから、物好きな連中は、このつり遊びでは、ちょっと身をかがめさえすれば魚が手づかみにできるというわけです。ほかの連中がしきりに見物している間、私は門のそばの腰掛の上で固くなっておりました。その頃私はまだほんのうぶでした。いつでも故郷のことばかり考えておりました。青いスカートをつけて、あんだ髪を肩まで垂らしている(三)娘よりほかには、きれいな女はいないものと思っていたのです。そればかりではありません、アンダルシヤの女は、かえって、おそろしいくらいでした。アンダルシヤの女のふるまいは、まだ私には近よりにくいものでした。何しろいつでもひとを物笑いにするのが商売で、一度だってまじめな言葉を吐かないという女たちです。そこで私は相変らず目をふせて、鎖をいじっておりました。すると町の人々が、そら、ヒタニリャだ！という声がきこえます。私は目をあげました。そうしてあの女を見たのです。ちょうど金曜日でした。忘れようと思っても、忘れられはしません。私はあのカルメンを見たのです。御存知のあの女です。

二、三カ月前にこの女のところでお目にかかりました。

女は赤い下裳《ジュポン》をつけておりましたが、短いので、白い絹の靴下《くつした》がむき出しに見えます。靴下には穴がいくつもあいていました。赤いモロッコ皮のかわいらしい靴は燃えるような濃い紅のリボンで結んであります。わざとショールをひろげて、肩を見せ、肌衣《はだぎ》の外にはみでているアカシヤの大きな花束を見せびらかしていました。口の端にもアカシヤの花を一輪くわえていましたが、コルドヴァの牧場の若い牝馬のように、腰を振りながら歩いて来るのです。私の故郷なら、こんな風体の女を見れば、みんなきもをつぶして十字を切るところです。が、セヴィーリャの町では、どいつもこいつもこの女の様子に何か下卑《げび》たお世辞を浴せています。女はひとりひとりに流し目を送りながら、それに答えております。握りこぶしを腰に当てて、まったくボヘミヤ女の名に恥じぬ図々しさです。一目見ていやな女だと思いました。私はやりかけた仕事にまたかかりました。が、女は、――女と猫は人が呼ぶ時には来ないで、呼ばない時に来るものですが、その例にもれず、私の前へ来てたちどまり、言葉をかけたのです。――ちょいと、兄さん、私の金庫のかぎをさげとくんだから、その鎖をくださいな。女はアンダルシヤ風にこう言いました。

――いや、私の火坑針《エパングレット》をさげて置かなけりゃならんから。こう私は答えました。

――おや、針《エパングレット》ですって！　おやまあ！　レースの編物でもするの？　男のくせに針が入用だなんて！　女は笑いながらこう叫びました。居合わせた者もどっと笑いくずれました。私は顔があかくなるのを感じていましたが、答えようにも文句が出ません。すると女はつづけてこう言うのです。――ねえ、大好きな兄さん、ショールにするんだから黒いレースを七オーヌほどあんで下さいな、ねえ、私の大好きな編物屋さん！

――それから口にくわえていたアカシヤの花を手に移したと思うと、おやゆびではじいて、ちょうど私の眉間《みけん》へ投げつけたのです。鉄砲のたまがあたったようなぐあいでした。……穴があればはいりたい気持とはこのことでしょうか。私は板のように堅くなって、じっと立っておりました。女が工場の中へはいってしまうと、アカシヤの花が両足の間の地面へ落ちているのに気がつきました。魔がさしたとでもいうのでしょうか、仲間のものが気づかないうちに、それを拾い上げ、たいせつに上衣《うわぎ》の中へしまいこんだのです。これが最初の失敗でした。

二、三時間たってからもまだそのことを考えつづけておりました。そこへ突然、まっさおになった門番が息せき切って、衛兵詰所へかけこんで来ました。葉巻部の大部屋で、女が一人殺されたから、衛兵をよこしてもらいたいというのです。軍曹は私に、兵卒を二人つれて、行って見て来いと言いました。私は部下の兵士を二人引率して、工場の二階へあがって行きました。いやたいへんな騒ぎです。いきなり部屋の中へはいると、三百人ほどの女が、肌衣一枚またはそれに近い姿で、一時に叫ぶ、わめく、手を振りまわすという光景です。耳も何も聾になりそうな騒ぎです。一方の端に一人の女が、血まみれになって、あおむけに倒れております。見れば、顔に×字形の傷がついていますが、今しがた相手から小刀で二突きほどやられたものと見えます。女工仲間でも、気丈な連中が、手負いの女を介抱していましたが、その正面に、五、六人の仲間に抱きとめられているカルメンの姿が見えました。手負いの女はしきりに、早くお坊さんを！　お坊さんを！　私は死ぬ！　と叫んでおります。カルメンは一言も口をききません。歯を食いしばって、カメレオンのように眼玉をくりくり動かしています。「どうしたんだ？」と、私はききました。いったい何事が起ったのか、了解するにはずいぶん骨が折れました。何しろ三百人の女工が一時に話しかけるのですから。が、どうやら、手負いにされた方の女が、トリアナの馬市でろばを買うくらいの金ならふところに持っているわよ、とか何とか自慢したらしいのです。すると、カルメンも黙っている方じゃないのですから、

「おや、お前さんは箒《ほうき》一本では、まだ不足があるのかい?」と口を出したのです。相手の女は、箒を持ち出されたのは、おそらく図星だったのでしょう、ぐっとしゃくにさわったと見えて、あいにくと私ゃボヘミヤ女でもないし、サタンの子分でもないから、箒のことはよく知らないが、裁判官が蠅《はえ》を追う下男を二人後に従えて、カルメンシタのお嬢さんをおひきまわしになる時になれば、やがてお嬢さんはろばとむつまじくおなりでしょうよ、と言い返したのです。するとカルメンも負けてはいません。「おや、そうかい! それなら私は、お前のほっぺたに、蠅の水のみ場を作ってやるよ。市松《いちまつ》をかいてあげよう。(四)」こう言ったと思うと、たちまち、電光石火の速さで、カルメンは、葉巻の端を切っていた小刀をとり直すと、相手の女の顔に躍りかかってサン−タンドレの十字架を描いたのです。

事件は明瞭です。私はカルメンの腕をおさえて、ていねいに言いました。「ねえさん、ついて来てもらいましょう。」カルメンは、あなたなら、しっていますよ、と言いたげな目つきを私に投げましたが、やがてあきらめた様子で申しました。「さあ行きましょう。おや私のショールはどこへ行ったろう?」彼女はショールですっかり頭を包んで、ただ大きな目の片方だけをのぞかせ、羊のようにすなおに、二人の部下の後からついて来ました。詰所へ来ますと、軍曹は、重大事件だから、監獄へつれて行かなければならん、と申します。女をひいて行くのは、今度もまた私の役目でした。女を二人のりゅう騎兵の間に立たせ、私はその後から歩いて行きました。こういう場合には伍長はこういう風にすることにきまっているのです。私たちは町を指《さ》して出発しました。初めのうち、ボヘミヤ女は、沈黙を守っておりましたが、長虫小路へさしかかった時、――御承知の通り、その名にそむかず、恐しくまがりくねった通りですが、――その長虫小路へさしかかりますと、女はまずショールを肩のところへすべり落して、手管《てくだ》たっぷりのかわいい顔を見せたと思うと、その顔をできるだけ私の方へ振りむけながら、こう申します。

――ね、士官さん、どこへつれて行くつもり？

――気の毒だが、監獄だ。私もできるだけやさしい口調でこう答えました。善良な兵士が、囚人に、しかも女囚に、向かう時は、こういう風に口をきかなければならぬ、と思ったのです。

――ああ、どうしましょう！　私、どうなるんでしょう！　士官さま、私をかわいそうだと思ってちょうだい！　ほんとにお若くって、親切な方ですもの！……」それから、一段声をひくめたと思ったら、「私を逃がして下さいな、ねえ、魔法の石《バール・ラッヒ》をひとひらあげますから、これさえあれば、どんな女だってほれさせることができますよ。」と言うのです。

その bar lachi と言うのは、なに、磁石なのですが、使い方さえ知っていれば、これでさまざまの魔法ができるとボヘミヤ人は言うのです。この石をやすりでおろしたものを、一つかみ、白葡萄酒のコップの中へいれて、女に飲ませてごらんなさい、女は立ちどころに抵抗しなくなるというのです。できるだけ威厳を作って、私はこう答えてやりました。

——ここにこうしているのは、じょうだんを言うためじゃない。ろうやへ行くためだ。命令だからね、今さらどうにもならないのだよ。

私どもバスクの者は、一種とくべつな言葉の調子を持っておりますので、容易にスペイン人と区別できます。ところが、この反対に、ただひとこと、baï jaona（五）というのをおぼえることのできるものは、スペイン人の中には一人もありません。ですから、私がバスクから出て来た男だということをカルメンは難なく推察したのです。御承知でもありましょうが、ボヘミヤ人は、どこといって、故国があるわけではなく、一年中旅をしておりますので、どこの言葉でもあやつります。たいていの奴は、ポルトガル、フランス、バスク地方、カタルーニャ、その他、いたるところが、自分の故国同然です。モール人やイギリス人とさえも、話が通じるのです。カルメンはかなりよくバスク語を知っておりました。——Languna, ene bihotsarena, あら、なつかしいこと。あなた故郷《くに》の方ですわね？　突然私に向かって、こう言うのです。

先生の前ですが、私どもの郷国《くに》の言葉は、実に美しい言葉です。他国へ出ていてそれを聞くと、身内がぞくぞくするくらいです……「ざんげを聞いて下さるお坊さんにも故郷の人があるといいのですが。」ホセは、声をひくめながら、こうつけ加えた。

しばらくじっと黙っていたが、やがて言葉をつづけた。

――私はエリソンドの者だよ。女が故郷の言葉を話すのを聞いて、ひどく心を動かされた私は、バスク語でこう答えました。

――私はね、エッチャラールの生れよ。――エッチャラールといえば私どものところから四時間もかかれば行ける土地です。――ボヘミヤ人のためにセヴィーリャの町へつれて来られたのよ。どうかしてナヴァーラのお母さんのそばへ帰るだけの銭《ぜに》をもうけようと思って、工場で働いていたんですわ。お母さんの頼りになるものといったら私一人よりほかにはないのよ、それにリンゴ酒を造るリンゴの木が二十本ほどうわっている小さなバラセア(六)があるきりですわ！　ほんとに、あのまっしろに雪の積った山が目の前に見える故郷《くに》にいさえすれば、こんな目にあいはしないんだわ！　私がこんなかたり者やくさったオレンジを売る奴らの国の者でないというので、みんなで私に恥をかかせたのよ、そればかりじゃありませんわ、私がセヴィーリャの町の若い衆《ジャック》(七)がいくら短刀をひけらかして束になって来たって、青い大黒帽《べレ》にこん棒を持ったこちとらの若い者はびくともするものかい、と言ってやったものだから、あの恥知らずどもが、よってたかって、私にかかって来たのよ。ねえ、ちょいと、故郷《くに》の女を助けると思って、どうかしてくれないこと？

女はうそをついていたのです。あの女はしょっ中うそをつき通しでした。一生のうちにあの女が一言でもほんとのことを言ったかどうか、あやしいものです。が、女がそう言った時、私は信用してしまいました。自分の力ではどうにもならなかったのです。女はバスク語をしきりに言い損じました。それでも私はナヴァーラの女だろうと思いました。ただ、女の目と口と肌の色を見れば、どうもボヘミヤ人らしく思われます。私の頭は狂っていたのです。その時はもう何にも気がつきませんでした。のみならず、もしもスペイン人どもが、自分の故郷の悪口をならべるようなまねでもすれば、自分だって奴らの面に一撃を食わしたかも知れない、女が先刻仲間の女工をやっつけたと同じように、私はこんなことさえ考えていたのです。要するに、酒に酔った男同然でした。ばかなことを口に出し始めました。もう一息でばかなまねを実行しかねない状態になっていたのです。

――私がお前さんをついて、お前さんがころんでさえくれれば、こんなカスティーリヤの新米《しんまい》兵士の二人くらいに、つかまりっこはありませんよ……女は、バスク語で話をつづけながら、こう言います。

何ということでしょう。私は命令も何もかも忘れてしまったのです。私は、女に向かって、こう言いました。

――よし、じゃ、お前さん、やって見るがいい。わしらの山の聖母様の御加護をお頼みするとしよう。――ちょうどこの時、私たちはセヴィーリャの町にはたくさんある例の狭い小路の前にさしかかっていました。いきなりカルメンがうしろをふりむいたと思うと、こぶしをかため、私の胸を目がけて、お突きをくれました。私はわざとあおむけに倒れました。ひととびで、女は私のねている上をとび越しました。そうして、両方のふくらはぎをけ出しながら走り出したのです！……バスク女の足ということを申しますが、この女の足もまったくそれに劣らぬものでした。……速いことも速いが、恰好もなかなかいいのです。私は、すぐに起きあがりました。が、わざとやり(八)を横にして、道をふさいだのです。ですから、仲間の兵士は女を追跡しようとするその出鼻を、いきなり邪魔されたわけです。それから私自身も走り出しました。二人の部下は私のあとから走って来ます。が、あとの祭りです！　拍車をつけて、剣をガチャつかせて、おまけにやりを持っているのです。追いつける気づかいはありません。こうして口で話をすると長いようですが、あっという間に、女の姿は見えなくなってしまいました。のみならず、町内のおかみさんたちが皆彼女の逃亡を助けたのです。私たちをばかにして、からかった上、ちがった道を教えてくれました。何べんとなく、行ったりもどったり、うろうろしたあげく、三人は刑務所長の受領証を持たずに、詰所へ帰って行かなければなりませんでした。

部下の兵士は、罰を受けたくないものですから、カルメンがバスク語で私に話しかけたことを申し立てました。まったくのところ、あんな小娘のげんこの一突きくらいで、私のような大の男がやすやすと倒されるということは、あまりほんとらしく見えるはずはありません。こうしたことはすべて疑いをかければかけられる、否、むしろ明かすぎる話でした。衛兵勤務が終るが早いか、私は位をさげられて、一カ月営倉《えいそう》へ送られました。これが軍隊へはいって最初の罰でした。もう手にはいったと思っていた軍曹の金すじもおさらばです。

監獄へ送られてからの最初の数日をすごしながら、私は、むやみに悲しかったことを、おぼえております。兵隊になる時、少くとも士官にはなるつもりでした。ロンガもミナも、同郷の男ですが、ちゃんと将官になっております。チャパランガラはミナと同じ温和派《ネグロ》で、同じくお国へ亡命している男ですが、このチャパランガラは大佐でした。この男の弟と、何べんもポームをしたことがありますが、私同様のすかんぴんでした。その時つくづく思いました。罰一つ受けずに勤め上げて来たこれまでの月日を、棒に振ったのだ。一度黒星がついてしまった以上、上官にもう一度よく思われるためには、初めて志願兵で来た時の十倍も働かなくてはならない！　それにいったい、おれはなぜ罰を受けるようになったのだろう？　きさまをばかにしたあのいまいましいボヘミヤ女のためではないか！　今時分は町のどこかで泥棒でも働いていようという女のためではないか！　こう思いながらも、どうしても女のことを考えずにはいられませんでした。こんなことを申しあげてもほんとにしてくださるでしょうか？　逃げる拍子に、鼻の先へありありと見せて行った、穴のあいた靴下が、いつまでも目の前にちらつくのです。私は監獄の鉄格子《てつごうし》の間から往来をながめました。が、通りすぎる数々の女の中で、あの娘に匹敵する女は一人も見つかりませんでした。そればかりではありません。われにもあらず、私は女が投げつけたアカシヤの花をかいでいました。花は、ひからびてしまっても、相変らずいいにおいだけはうせずにいたのです……もしも魔法使の女というようなものがいるものとしましたなら、あの女はたしかにその一人でした！

　ある日、看守がはいって来て、私にアルカラ(九)のパンを渡しました。――さあ、お前のいとこという女の人からの差入れだ。こう看守が申します。私は大いに驚きながら、パンを受けとりました。セヴィーリャの町にいとこなどいるはずはありません。たぶん、人ちがいだろう。私はパンを見ながらそう思いました。が、あまりうまそうな、いいにおいがするものですから、差出人がだれで、だれがもらうはずのものか、かまっている暇もなく、食べることにきめてしまいました。が、パンを切ろうとしますと、小刀が何か固いものにカチリとふれました。よく見ますと、パンを焼く前にねり粉の中へ入れたものと見えて、小さなイギリス製のやすりが一本はいっております。のみならず、パンの中にはさらに二ピヤーストラの金貨が一枚はいっていました。もはや疑いの余地はありません。カルメンの贈り物だったのです。ボヘミヤ人にとっては自由がすべてです。牢獄生活を一日まぬかれるためには、町一つを焼き払うこともしかねない人種です。のみならず、あの女はなかなか食えない奴ですから、こんなパンなどを差入れて看守をからかったのです。私がその気になりさえすれば、一時間のうちに、一番ふとい鉄格子も、この小さなやすりですり切ることができます。二ピヤーストラの金貨を握って、行き当りの古着屋へとびこめば、制服の頭巾附外衣を普通の人間の着る衣物に着かえることができたはずです。故郷の山中で絶壁の上のわしの巣から幾度もひなをぬすんだことのある男にとって、三十尺にも足らぬ窓から往来へとびおりるくらいは朝飯前だということは、申しあげるまでもないことでございましょう。が、私は脱獄はしたくありませんでした。これでも、兵士としての自尊心は持っておりました。脱走というようなことは、とんでもない悪事のような気がしたのです。ただ、女が自分を忘れないでいてくれたしるしを見て、私は感動しました。監獄にはいっている時というものは、ただささえ自分のことを気にかけてくれる友だちが外部にいると考えたいものです。金貨のいれてあったのは、いささか私の自尊心を傷つけました。すぐにも返したいとは思いました。が、貸してくれた人が、どこをさがせば、見つかるものでしょうか？　これはちょっと及びもつかぬ話でした。

型の如く位階の引きさげを言い渡されてから、私はいやなこともこれでしまいだと思っておりました。ところが、その上まだ屈辱を受けねばならぬのでした。私が出獄して、再び勤務を命ぜられ、ただの一兵卒として歩哨《ほしょう》に立たされた時のことです。そういう場合に、ちっとは腹に虫のある男が、どんな気持になるか、おわかりになれないことと思います。銃殺された方がましだ。私はたしかにそう思いました。少くとも小隊の先頭に立って、たった一人で歩きます。何かえらいことをやったような気持がします。世間の奴等が顔をながめてくれますよ。

私は大佐の家の門の歩哨に立たされたのです。大佐は若くて金持で、気さくな、遊ぶことの好きな将校でした。若い将校連はことごとくこの人のところへ集って来ました。

町の連中もたくさんやって来ました。女もいましたが、人にきくと、女優だとのことでした。私にして見れば、町中の奴らが、私の顔をながめるために、大佐の家へ集って来たような気がしました。と、そこへ、大佐の馬車が乗りこんで来ました。従僕が御者台に乗っております。おりて来たのは？……ヒタニリャです。女は、この日は、まるで宝石をちりばめた箱のように飾り立てておりました。満艦飾です。まっしろにぬり立てています。からだ中、金とリボンでうまっております。金モールでかざった着物、これも金モールをあしらった青いくつ、造花や金糸はからだいっぱいにつけております。バスク太鼓を手にさげていました。ほかに二人のボヘミヤ人が一緒にいました。一人は若く、一人は婆さんです。女たちをつれて歩くのにいつでも婆さんが一人いるのです。それからギターをかかえた老人が一人おります。やはりボヘミヤ人で、ギターをひきながら、女たちを踊らせるのが役目です。御存知の通り、上流社会ではよくボヘミヤ女を呼んで遊びますが、それはロマリスを踊らせるためです。ロマリスというのは彼女たち特有の踊りです。もっともその他のことをさせることもたびたびあります。

　カルメンは私の姿をみとめました。二人は目を見あわせました。どうしたことか、自分にもわかりませんが、その時、なぜか私は地下百尺のところにうまっていたい気持におそわれました。——Agur laguna（一〇）士官さん、新兵さんみたいに、張り番ですかね！

彼女はこう言ったのです。私が何か返事の言葉を見つける前に、女はすでに家の中へ消えていました。

上流社会の連中がことごとく中庭《パティオ》に集ったのです。黒山のような人だかりにもかかわらず、私は、鉄の格子《こうし》越しに、内部で起っていることを、ほとんど一つ残らず、見ておりました。カスタニェットの音をききました。太鼓の音もききました。笑声と喝采《かっさい》をききました。時には、太鼓をかかえたまま躍り上る拍子に、女の頭が見えることがありました。それからまた、あの女にいろいろなことを言い寄っている士官たちの声をききました。それをきくと、顔にカッと血がのぼって来ました。女がそれにうけ答えをしている文句は、私のところまではわかりません。そうです。この日からのことです。私があの女を真剣に思い始めたのは。いきなり中庭へとびこんで、あの女に向かって甘いことをべちゃついている青二才どものどてっ腹に、片っぱしから自分の剣を突き刺してくれようか、こういう考えが、三、四へんも私の頭にひらめいたのです。私の責苦《せめく》はたっぷり一時間もつづきました。それからボヘミヤ人たちは出て行きました。馬車が迎えに来てつれて行きました。カルメンは、通りすがりに、もう一度、御承知のあの目で、私を見つめました。そうして低い声でこう言ったのです。――ねえちょいと郷国《くに》のお方、上等の揚げ物が好物だったら、トリアナのリリャス・パスティアのところへ食べに行くものですよ。子山羊のように身軽に、女は馬車にとび乗りました。御者はらばに一むちくれました。そして陽気な一隊はどこともなく立ち去ってしまったのです。

　御推察の通り、見張りの勤務がすむが早いか、私はトリアナへ行きました。が、それよりも前に、私はひげをそらせ、観兵式の日のように軍服にブラッシをかけました。あの女はリリャス・パスティアのところにおりました。老人のてんぷら屋です。ボヘミヤ人で、モールのように色の黒い男です。この男のところへ大勢町の連中が魚のてんぷらを食べにやって来ます。特に、カルメンがそこを根城にしてから、急に客足が多くなったに相違ありません。

　——リリャス、今日はもうお茶ひきだよ。私の姿を認めるが早いか、女はこう言いました。あすもおてんとう様はおあがりなさらあね（三）！　さあ、お前さん、散歩に行きましょう。

　女は鼻の上でショールの前を合わせました。そうして早くも通りへ出ていました。どこへ行くのか、私には見当がつきません。

　——お女中、私はお礼を言わなくてはならんと思いますがね。ろうやへはいっている時、物を贈っていただいたことがあるようで、パンはいただきましたよ。やすりはやりをとぐ役に立つでしょう。いや、私はこれをあなたの記念にとっておくつもりです。が、お金だけは、さあこれを受けとってください。

――おやまあ！　この人は、お金をとっておいたんだってさ。彼女は笑い声を爆発させながらこう叫びました。でも結局よかったわ。私ときたら、さかさに振ったって、鼻血も出ないんだもの。でもお金くらいなくったってかまうもんかね。犬も歩けば飢え死はしませんよ。(一三)さあ、みんな食べっちまいましょうよ。あんたがごちそうしてくれるわね。

二人はセヴィーリャの町へ引き返しました。長虫小路の入口のところで、女はオレンジを十二ほど買いこんで、私の手に持った袋の中へ包ませました。それから少し行ったところで、また、パンと腸詰とマンサニーリャの葡萄酒《ぶどうしゅ》を一本買いました。それから、最後に一軒の菓子屋へはいりました。そこで、女は私の返した金貨を勘定台の上に投げ出しました。それから自分のポケットの中にあったのをもう一枚と銀貨五、六枚を一緒に投げ出しました。とうとう、女は私にありったけ出してちょうだいと言いました。私は小銀貨一枚とクアルトスを五、六枚しか持ち合わせていなかったのです。それを女に渡しました。それ以上持っていないのがひどく恥しい気がいたしました。が、この女は店全部をさらって行くのではないかと思いました。一番きれいなもの、一番たかいものを、片っぱしから買うのです。エーマス、(一四)トゥーロン、(一五)果物のジャム、こういう物を、金のつづく限り、買いこみました。これは全部、またしても私が紙の袋にはいった奴をかかえて行かねばなりませんでした。カンディレホの通りを、たぶん、御存知のことと思います。あそこには秋霜王《しゅうそうおう》ドン・ペドロ(二六)の頭像が置いてありますが、あの王様の首を見れば、本来なら自分を振り返って見る気持がわいたはずです。二人は、この通りのとある古びた一軒の家の前でたちどまりました。女は小路の中へはいって行ったと思うと、階下の戸口をたたきました。一人のボヘミヤ女が、これこそほんとのサタンの召使でしたが、出て来て戸を開けてくれました。カルメンはその女に向かって、ふたことみことロマニ語で話しかけました。婆さんは始めはぶつぶつ言っていました。この婆さんの機嫌をとるために、カルメンはオレンジを二つとボンボンを一つかみくれてやり、葡萄酒の毒味を許してやりました。それからカルメンは婆さんの背中に自分のマントをかけてやりながら、戸口のところまで送り出し、かんぬきをかけて戸をしめてしまいました。二人になるが早いか、彼女はまるで気の狂った女のように、――お前は私のロム、私はお前のロミ(二七)。とうたいながら、踊り始め、笑いくずれました。私は、部屋のまんなかに突っ立っていました。カルメンの買物を全部かかえさせられて、どこへおいたらいいか迷いながら。彼女はそれを全部ゆかの上へぶちまけたのです。そうして、いきなりこう言いながら私の首っ玉へかじりつきました。――私ゃ借りを払うよ！　私ゃ借りを払うよ！　これがカレ（一八）の間のしきたりさ！　ああ！　あの日です！　あの日です！　私はあの日を思い出すたびに、あすという日のあることを忘れてしまうのです。

ホセはちょっと口をつぐんだ。それから、葉巻に火をつけ直して、再び話をつづけた。

二人は一日中、食ったり、飲んだり、そのほかのことをしながら過しました。まるで六つくらいの子供のようにボンボンを食べてしまうと、今度はそれを幾つかみも婆さんの水がめの中へ押しこんで、何を言うかと思うと、「婆さんにソルベをこしらえてやるのさ！」と言うのです。エーマスを壁に投げつけてつぶしました。そしてこう言うのです。「蠅がうるさいからこうしてやるのさ。」……ありとあらゆるばか騒ぎをあの女はやりました。私は女に向かって踊るところが見たいと言いました。が、カスタニェットは？　たちまち、あの女は婆さんのたった一枚の皿をとりあげたと思うと、粉みじんに打ちわっていました。そうして早くも、瀬戸物のかけらを、ちょうど黒檀《こくたん》か象牙《ぞうげ》のカスタニェットを使うように、じょうずに打ち鳴らしながらロマリスを踊り始めたのです。この娘のそばにいれば、退屈する気づかいはありません。これだけはうけあいます。夕方になりました。帰営をうながす太鼓の音がきこえて来ました。

——点呼があるから隊へ帰らなくちゃならない。私は女に向かってこう言いました。

——隊にだって？　女はさげすむようにこう言いました。じゃ、お前さんは、黒ん坊か何かですかい？　棒の先で追い使われようと言うのかい？　お前さんは正真正銘のカナリヤだよ。服（一九）も気立ても、ほんとにさ、お前さんの心はめんどりみたいだよ。私は営倉を覚悟して、腰を落ちつけました。朝になると、今度は女の方からさきにお別れにしようと言い出しました。――きいてもらいますよ、ホセイトー、お前さんからの借りは払ったでしょう？　私たちの仕きたりにすれば、ほんとはお前さんに借りなんかないのさ。お前さんはペイローだからね。しかし、お前さんはきれいな男だし、私はお前さんが気にいったのだよ。これで貸し借りはなしさ。さようなら。

　私はいつまた会えるかとききました。

　――お前さんがもう少しおばかさんでなくなったらね。笑いながら、女はこう言いました。それから、少し真顔になって、――ねえ、お前さん、わかるかい？　私は何だか少しお前さんにほれているような気がするんだよ。しかしつづきっこはなしさ。犬と狼じゃ長いことといい世帯は作れませんからね。そりゃたぶん、お前さんが密輸入者の仲間にはいるなら、私ゃ喜んでお前さんのロミになるだろうが。だけど、こんなことばかばかしいことだよ。そんなことができるものかね。ふふんだ！　ねえ、お前さん、ほんとだよ、お前さんは運がいいんですよ。お前さんは悪魔にでくわしたんだからね。そうとも、悪魔ですよ。いつも黒いからだをしているとは限らないさ。それがお前さんの首をしめなかったんだからね。私ゃ羊の毛の着物は着ているが、羊じゃないんですからね(二〇)。お前さんはマハリ(二一)の前におろうそくでもあげるがいいよ。聖母様はろうそくをもらうだけのことはしたんだからね。さあ、もう一ぺんさようならを言いましょう。二度とカルメンシタのことを考えてはいけないよ。考えたりすると、カルメンシタはお前さんを木の足のやもめ婆あにめあわせてしまうよ(二二)。

　こんな風にしゃべりながら、女は戸口にかかっているかんぬきをはずしました。そうして、通りへ出るが早いか、ショールにくるまって、くるりと私に背を向けてしまいました。

　あの女の言ったことは本当でした。私は二度とあの女のことを考えない方が賢かったのです。が、このカンディレホの通りですごした一日以来というものは、もうほかのことを考えることはできませんでした。女にあおうという望みを抱いて、一日中うろつき廻りました。女の消息を婆さんやてんぷら屋にきいて見ました。二人とも、口をそろえて、あの女はラロロ(二三)に向けて出発したと答えました。彼ら仲間でポルトガルのことをこう呼んでいるのです。彼らがこんな風に言っているのは、おそらく、カルメンの指し金だったにちがいありません。まもなく、彼らがうそをついているのだということを知りました。カンディレホの通りですごした日から数週たってからのことです。私は町の城門の一つに歩哨に立たされました。その門から少しはなれたところに、城壁に破れ目ができていたのです。昼間の間は人夫が働いていて、夜は密輸入団を見張るために歩哨を置いたのです。昼の間、リリャス・パスティアが、番兵小屋のまわりを行ったり来たりして、仲間の番兵を相手に何か話をしているのを見かけました。皆この男とは顔なじみなのです。この男の食わせる魚と揚げ物に至ってはさらによく知っているわけです。彼は私に近づいて来て、カルメンの消息を御存知かとたずねました。

――いいや。と私は答えました。

――そんなら、今にわかりますよ。大将。

彼の言ったことは的中しました。夜、私は破れ目のところに見張りに立たされました。伍長が引きあげるが早いか、一人の女が私の方に向かって歩いて来るのが見えました。カルメンだ！　私の心は私にこうささやきました。それでもやはり私は叫びました。

――だれかっ！　通られんぞっ！

――いじわる言うもんじゃないわよ。自分だということを知らせながら女はこう言いました。

――えっ！　お前さんか、カルメン！

――そうですよ。お前さん。口数は少しにして、実のある話をすることにしようよ。

お前さんはお金がほしくないかい？　今に荷物をかついだ奴らが来るから、黙って通しておくれよ。

——だめだ。通すことはならん。命令だ。私はこう答えました。

——命令だって！　命令だって！　お前さんはカンディレホの通りでは命令なんか忘れていたじゃないか？

——うむ？　私はこれを思い出されただけで、すっかり気がてんとうして、こう答えました。

これはまったく命令を忘れるだけの値打はあったのです。——だが、おれは密輸入者の金はほしくないぞ。

——じゃ、いいよ。お前さんがお金がほしくないと言うなら、もう一ぺんドロテーア婆さんのところへ一緒に行って御飯を食べる気はないかい？

——だめだ！　おれにはできない。私は必死の努力で、半分のどをつまらせながら、こう答えました。

——そりゃ結構だね。お前さんがそんなに気むつかし屋なら、私にも心当りがあるよ。お前さんの隊長のところへ行ってドロテーアのところへ一緒に行きましょうって言ってやるよ。あの人なら気さくな人らしいから、見ていいものだけしか見ないわかりのいい野郎を見張りに立たしてくれるだろうさ。あばよ、カナリヤさん。命令がおりてお前さんが絞首台につるされる日にたんと笑ってあげるよ。

私は不覚にも女を呼びもどしました。そうして、必要なら、仲間を全部通してやろう、ただ一つ自分の望みのお礼がもらえるならば、と約束してしまいました。女はすぐあすにでも約束を果すと誓いました。それから、すぐ近所にひかえている仲間に知らせるために走って行きました。仲間は五人でした。中にパスティアも混っていました。みんなイギリス製の商品を山のように背負っています。カルメンが見張りに立ちました。巡察隊の姿が見えたら、すぐにカスタニェットを鳴らして、知らせる手順でした。が、その必要はありませんでした。密輸入者どもはまたたく間に仕事を終えてしまいました。

翌日、私はカンディレホの通りへ出かけて行きました。カルメンはさんざん待たせてから、かなり不機嫌な顔をしてやって来ました。――私ゃ人にさんざん頭をさげさせるような男はきらいさ。最初の時は何か得が行くかなんてことは考えずに、もっとありがたいことをしてくれたじゃないか。昨日、お前さんは私とかけ引きをしたね。どうしてこんな所へ来たのか自分でもわからないよ。私にゃもうお前さんがかわいくないんだからね。さあ、行っておくれ、さあ銀貨《ドゥロ》が一枚お前さんの骨折賃だよ。

私はもう少しのところで銀貨を女の顔へたたきつけるところでした。女をなぐりつけないために、非常な努力で、自分をおさえなければなりませんでした。一時間も言い争ったあげく、私は怒って飛び出しました。しばらくの間、町をうろつきました。狂人のように方々を歩きまわったのです。とうとうあるお寺の中へはいりました。そうして、一番暗い隅に坐りながら、熱い涙を流して泣きました。と、突然人声がきこえて来ます。――竜の涙はすてきだよ！　ほれぐすりをこしらえてやりましょう。私は目をあげました。私と向かい合って立っているのは、カルメンでした。――ねえ、お前さん、まだ怒っているの？　私ゃまだ腹が立っているんだけれど、やっぱりお前さんが恋しいらしいんだよ。お前さんが行ってしまうと、何だかわけがわからなくなったのさ。さあ、今度は私がお前さんに頼むんだよ。ねえ、カンディレホ通りへ来てくださるかい？　そこで二人は仲直りをしました。が、カルメンの気分は私の国の天気模様と同じことです。私どもの山では太陽が一番輝いている時ほど、あらしの近いことはありません。女は私にもう一ぺんドロテーアのところで会う約束をしました。そうして、あの女は来ませんでした。仕事のことでまたラロロへ行ってしまったと、ドロテーアはしゃあしゃあと答えました。

もう一ぺんおぼえがあります。これがどういうことかということが、わかっていましたから、私はカルメンがいるかも知れないと思う場所を片っぱしからさがして歩きました。一日に二十ぺんもカンディレホの通りを通ったりしました。ある夕方、私はドロテーアのところにおりました。この婆さんにときどきアニゼットか何かをごちそうしてだいぶ手なずけておいたのです。そこへカルメンが若い男をつれてはいって来ました。うちの連隊の中尉です。——早くどこかへ行って！　女はバスク語でこう言いました。私はあっけにとられて立ちすくみました。胸の中はにえくり返るようです。——きさまここで何をしとるか？　さがれ、出て行け！　中尉は私にこうどなりつけました。——一歩も動けませんでした。まるで釘《くぎ》づけにされたようです。私が引きさがりもせず、軍帽をぬぎさえしないのを見ると、怒った士官は、私のえり首をつかんで手荒くこづきまわしました。私は、相手に向かって、何か自分にもわけのわからないことを言いました。相手は剣をぬきました。私も鞘《さや》を払いました。婆さんが私の腕を押えました。中尉は私の額《ひたい》に一太刀あびせました。今でも傷あとが残っております。私は一歩うしろへ下って、肘《ひじ》の一突きでドロテーアをひっくり返しました。それから、中尉が追って来るので、お突きをくれました。すると彼はそれに突っかかって来たのです。カルメンがその時ランプを消しました。ドロテーアに向かって自分たちの言葉で逃げろと言いました。私自身も通りへ逃げ出して、盲めっぽうに走り出しました。だれかが後を追いかけて来るような気がしました。我に返った時、気がつくと、カルメンが私のそばをはなれないで、ついて来ています。――とんだまぬけのカナリヤだね！　お前さんはばかなまねしかできない人だよ。だから言わないこっちゃない。私ゃお前さんには禍《わざわ》いの元になるだろうって言っておいたじゃないか。とにかくローマのオランダ娘《フラマンド》（二四）がそばについている限り、どんなことにでもぬけ道はあるよ。まっさきにこの手ぬぐいを頭にお当てよ。それからその革帯をこっちへ貸しておくれ。この小路で待っているんだよ。すぐに帰って来るから。――彼女は姿をかくしました。そうしてまもなく、どこでさがして来たか、しまのマントを一枚持って来てくれました。軍服をぬがせて、下衣《したぎ》の上からそのマントを着せてくれました。こういう装束《しょうぞく》をして、頭に受けた傷を手ぬぐいで巻いてもらった姿は、セヴィーリャの町へチューファス（二五）で造った飲料を売りに出て来るヴァレンシアのお百姓にかなり似たかっこうになりました。それから彼女はドロテーアの家とかなりよく似た細い小路の奥にある一軒の家の中へ私をつれこみました。彼女とそれからもう一人のボヘミヤ女が私の傷口を洗い、どんな軍医だってできないほどじょうずに手当をしてくれました。それから、何かえたいの知れぬ飲物を飲ませました。最後に、私は毛ぶとんの上にねかせられ、眠ってしまいました。

　たぶん女たちは飲物の中へ彼女たちがその秘伝を知っている鎮静剤の中のどれかをまぜて置いたものでしょう。私は翌日非常に遅くなってやっと眼をさましました。ひどい頭痛がして、少し熱がありました。昨晩一役買った恐しい光景の記憶がよみがえって来るまでには、しばらく時間がかかりました。私の傷口の手当をした後で、カルメンとその友だちは、二人とも私のふとんの側にしゃがみながら、ふたことみこと例のチッペ・カリの言葉を交わしました。それはどうやら、看病のことに関する相談らしい模様でした。それから二人とも、もうすぐになおるから安心していろと言ってくれました。しかし、一刻も早くセヴィーリャの町を退散しなければならぬというのです。つかまれば、容赦なく銃殺されてしまうにきまっているからです。カルメンは私にこう言いました。

――ねえ、お前さん、国王がお前さんにお米も干し鱈《だら》(二六)もくれない今となっては、お前さん自分で何かしなければならないよ。自分で食べて行くことを考えなくてはならないさ。お前さんは気のきいた泥棒のまねをする(二七)には間が抜けすぎているけれども、からだははしっこくて力があるし、それに度胸もあるから、浜へ行くがいいやね。そうして密輸入者におなりよ。ほら、お前さんを絞首台につるしてやるって約束したじゃないか？　その方が銃殺されるよりは気がきいているよ。それに度胸さえきめれば、王様暮しができらあね。ミニョン(二八)や浜廻りの巡ら隊にえり首をとっちめられない間は太平楽さ。

こういう甘い口ぶりで、この悪魔のような女は、私にやらせるつもりの新しい生活を描いて見せたのでした。いや、ほんとのことを申しあげれば、死罪にあたることをやってのけた今となっては、私に残されたただ一つの生活なのでした。こんなことを申しあげる必要がありましょうか？　あの女は難なく私の腹をきめさせてしまったのです。こうして出たとこ勝負の反逆の生活によっていっそう親しくこの女に結びつくような気がしたのです。今日以後女の愛は確実に自分のものだ。こう思ったのです。アンダルシヤを横行している密輸入者のあることは、ときどきうわさに聞いてはおりました。いい馬に乗って、鉄砲片手に、情婦を一人ずつ鞍《くら》のうしろにのせているというのです。早くも私はこの美しいボヘミヤ女を、鞍のうしろにのせて、山野を縦横に乗りまわす自分の姿を思いうかべておりました。そのことを女に話すと、腹をかかえて笑いました。それから私に向かって、三つの輪からできてその上に毛布を渡した小さな天幕の下へ、各〻のロムがそのロミをつれてひっこむ時、露営ですごす一夜ほど愉快なものはない、と話し出しました。

――一度山の中へはいってしまえば、お前のことは心配ないぞ！　山の中にはお前を分けようっていう中尉はいないからな。私は女に向かってこう言いました。

――おや！　お前さんやいてるのかい！　お気の毒さまだこと。どうしてそんなにおばかさんなんだろうね！　私がお前さんにほれているのがわからんのかい？　私ゃお前さんにお金をくださいって言っていないじゃないか？　彼女はこう答えるのです。

こんな風にあの女が話をする時、思わず女の首をしめてやりたくなるのでした。

手短かに申しあげましょう。カルメンは私に町の人間の着る着物を手にいれてくれ、私はそれを着て人に見とがめられずにセヴィーリャの町をぬけ出したのです。私はあるアニゼット売りにあてたパスティアの手紙をふところにしてヘレースへ行きました。この名宛の男のところへ密輸入者連が集るのです。私はそういう連中にひき合わされました。頭目は、ダンカイレ*というあだ名の男でしたが、私を仲間にいれてくれました。一同はガウシーンに向けて出発しました。そこでカルメンに再会しました。この土地で落ち合う約束をしておいたのです。仕事のたびに、彼女は間者《かんじゃ》の役目をつとめるのでした。あの女以上にすぐれた間者は絶対にありませんでした。彼女はジブラルタルから帰って来たのですが、早くもある船の持主とイギリス製の商品を積みこむ話をつけていました。われわれはそれを浜で受けとる予定でした。そこでエストポナの附近へ出かけてそれを待ち受けました。それから一部を山の中へかくし、残りを背負って、ロンダへやってまいりました。カルメンがそこへさきまわりをしていました。そこでもまた、町へはいる時期を指図したのはカルメンでした。この最初の旅かせぎと続いてやった幾度かの旅はうまく行きました。密輸入者の生活は兵士の生活より私の気にいりました。私はカルメンに贈り物をしました。金もあり、女もあり、というわけです。後悔の念というようなものはついぞ起りませんでした。まったく、ボヘミヤ人のいう通り、楽しい思いをしている時はひぜんもかゆくない（二九）わけです。いたるところで一同は歓迎を受けました。仲間も私によくしてくれましたし、尊敬さえ示してくれました。その理由は、私が人を一人殺したからというのです。彼らの中にも省みてそういう手柄のおぼえのない奴もあることはあったのです。が、それ以上に、新しい生活で私の気持を活気づけたことは、たびたびカルメンにあえることでした。彼女は今までにない愛情を示しました。しかし仲間の前では、私の情婦だということを承認しませんでした。そればかりではありません、彼女の行いについては仲間の者に一言もいわないことをあらゆる誓約で私に誓わせさえしました。私はこの女の前には手も足も出なかったので、あらゆる彼女の気まぐれに服従しました。のみならず、初めてこの女は地道《じみち》な女らしいつつしみ深さで私に向かって来たのです。私は女の昔のふるまいがほんとに直ったものと信じるほど単純な男でした。

　われわれの一団は、八人ないし十人の人数で構成されていましたが、いよいよという時でなければ集りません。ふだんは二人ずつ、あるいは三人ずつ組になって方々の町や村に散っているのです。仲間は一人一人、何か表向きは商売を持っております。甲がいかけ屋なら、乙はばくろうといった風です。私は、小間物屋でした。しかし、盛り場へは、例のセヴィーリャの一件があるものですから、ほとんど顔を出しませんでした。ある日、というよりもある夜と申すところでしょうが、われわれの落合い場所はウエーガのふもとということにきまっておりました。ダンカイレと私は、ほかの連中より一足さきに、そこへ来ておりました。彼はひどく陽気な顔をしておりました。――今に仲間がもう一人ふえるぞ。カルメンの奴すばらしく巧《うま》いことをやったんだよ。タリファの植民監獄《プレシディオ》にいる奴のロムをついこの間脱獄させたのさ。――私はすでにボヘミヤ語を解し始めていました。仲間のほとんどすべてのものが使うのです。で、このロムという言葉は私の心にぎくりと釘をさしました。――何だって！　奴の亭主！　じゃ、あの女は亭主持ちなのか？　私はかしらに向かってこうききました。

――そうだ。片目のガルシヤという男が亭主さ。あの女に負けないしたたか者のボヘミヤ人だよ。奴めかわいそうにぶちこまれていたのさ。カルメンがプレシディオの監獄医をまんまとだまして、奴のロムを自由のからだにしてやったのだ。いやまったく、あのあまっちょの値打と来た日にゃ底が知れねえて！　何しろ二年この方やつを脱獄させようとたくらんでいたんだからな。ところが、典獄が交替するまでは、いっこうききめがねえってわけさ。典獄がかわると、あの女の奴すばやく談合する道を見つけたらしいや。

この消息がどんな喜びを私に与えたかは、御想像にまかせるといたしましょう。まもなく私は片目のガルシヤに会いました。これこそボヘミヤ人の生活がはぐくんだ最悪の兇徒でした。色も黒いし腹はもっと黒いというしろものです。私が一生の間にあった中で、まったく悪党の真打《しんうち》という奴でした。カルメンはこの男と一緒にやって来ました。彼女が私の目の前で、この男を〝わたしのロム〟と呼ぶ時は、必ず目で私に合図しました。それからガルシヤが向うをむくと、顔をしかめて見せるのでした。私は腹が立ちました。その晩は女に口をききませんでした。翌朝、行李《こうり》の荷づくりをすますと、早々に出発しました。気がつくと、十二騎ほどの騎兵がわれわれの後を追って来ています。なあに皆殺しにしてやるさなどとばかり言っていたアンダルシヤの鼻っ柱だけ強い青二才どもは、たちまち目も当てられない狼狽《ろうばい》ぶりです。わっと言ったと思うと一時にさきを争って逃げ出しました。ダンカイレ、ガルシヤ、レメンダゾという名のエシハ生れの美男の若者、それにカルメン、これだけは冷静さを失いませんでした。そのほかの奴等はらばを捨てて、馬に乗っては追いかけて来られない低地の中へとびこんでしまいました。われわれも乗物をいつまでもひっぱっているわけには行きません。大急ぎで品物の中の一番上等なのを鞍からはずして、肩に背負い、恐しく急な斜面をおりながら岩の間をぬって逃げのびようとしました。荷物を前へころがして置いて、かかとで滑りながら全速力でそれを追いかけました。その間、敵は物かげにかくれては、ねらい打ちに弾丸をあびせました。鉄砲のたまが風を切る音をきいたのは、これが初めてでした。大した気持もいたしませんでした。女が見ていると思うと、人間、死の危険をおかすくらい、なんでもないものです。別に手柄にはなりません。われわれは弾丸をまぬかれました。ただ一人レメンダゾだけはかわいそうに、腰を一発やられました。私は荷物を捨てて、彼をかかえようとしました。——まぬけめ！　死骸をかついで何にしようってえんだ？　早く片づけっちまえ。木綿の靴下の荷をなくしたら承知しねえぞ。……ガルシヤがこう叫びました。——離しておしまい！　カルメンもこう叫びました。——疲れて来たので、やむを得ず、とある岩かげにしばらくレメンダゾをおろしました。ガルシヤは進み出たと思うと、筒先をこの若者の頭に当ててぶっぱなしました。——こうしておけば、どんな野郎にだって、見わけがつくものか。十二発の弾丸が蜂の巣のように打ちくだいた若者の顔をながめながら、この男はこう言ったのです。——おききください。これが私の送りはじめた立派な生活なのです。夕方、疲れはてて、食う物もなく、らばをなくしたために手も足も出ず、一同はある灌木林にたどり着きました。この悪魔のようなガルシヤは何をしたとお思いですか？　かくしからカルタを一組取り出して、ダンカイレを相手に、たき火をたきながら、その明りで勝負を始めたのです。その間、私は、横になっていました。星をながめ、レメンダゾのことを思い出し、あの男の身代りになっていた方がましだったとひとり心に思って見たりしました。カルメンは私のそばにうずくまっていましたが、ときどき何か歌いながら、カスタニェットを鳴らしていました。それから、耳打ちでもするように身をすり寄せながら、二、三度、私がいやがるのを無理に、口づけしました。――お前は悪魔だぞ。私は女にこう言いました。――ええそうともさ。女はこう答えました。

二、三時間休んでから、彼女はガウシーンへ出かけました。翌朝、山羊番《やぎばん》の子供がパンを運んで来ました。その日は一日そこにいて、夜になってからわれわれはガウシーンへ近よりました。われわれはカルメンからの消息を待ちました。何の音さたもありません。夜が明けると、一人のらばひきが、立派な着物を着て日がさをさした女と、見たところ小間使らしい一人の少女とをのせてやって来るのが見えました。ガルシヤはわれわれに向かって言いました。――見ろ、聖ニコラ様がらばを二匹と女を二人おつかわしになったぞ。欲を言えば、らばが四匹の方がありがたいんだが。かまわねえ。やっつけようぜ！　彼は銃をとると、くさむらの中に身をかくしながら、小径《こみち》の方へおりて行きました。ダンカイレと私は、その後からついて行きました。着弾距離につくが早いか、くさむらからとび出して、らばひきに向かって、動くなとどなりました。女は、われわれの姿を見て、きもをつぶすかと思いのほか、われわれの装束は十分その値打があったのですが、大声で笑い出したのです。――あきれたリリペンディどもだ！　私をエラニだと思っているよ！（三〇）　それはカルメンでした。が、あまりじょうずにばけているので、もしほかの言葉を話しているなら、とうてい見破れないところでした。女は乗っていたらばからとびおりると、しばらくダンカイレとガルシヤの三人で、ぼそぼそ話をしておりました。それから私に向かって、こう言いました。――カナリヤの坊ちゃん、お前さんがつるされる前にもう一ぺんあえるよ。私は仕事でジブラルタルへ行きますがね、じきに私のことがお前さんたちの耳にはいるよ。――五、六日の間のかくれがの見つかるような場所を教えた後で、彼女は一同と別れて行きました。この女はわれわれの一団の大黒柱でした。まもなく、彼女が送ってよこしたなにがしかの金と、さらに金以上に尊い指図とを受けとりました。それはしかじかの日にしかじかの道を通ってジブラルタルからグラナダへ行く二人の英国貴族が出発するという知らせでした。耳ある者は、さとるべし、というわけです。その貴族は正真正銘立派な金貨《ギネーア》を持っているというのです。ガルシヤはその二人を殺すと言いました。が、ダンカイレと私がそれに反対しました。で、結局金と時計を奪っただけでした。もっともほかにシャツをとりました。これだけは大いに必要を感じていたのです。

おきき下さい。人間は、自分では気がつかずに、悪者になっているものです。きれいな娘に目がくらみます。女のために命のやりとりをします。間《ま》の悪いことが起ります。山の中で暮らさなければならなくなります。そうしてわが身をふり返って見る暇もなく、密輸入者から盗賊になり下っているのです。英国貴族の一件の後で、ジブラルタルの附近にうろついているのはまずい、ということになりました。われわれはロンダの連山の奥深く逃げこみました。――ホセ・マリヤのことをお話しになりましたが、そうです、たしかにこの時のことです。私がこの男と知りあいになりましたのは。この男は仕事に出るのに情婦をつれて歩く男でした。情婦というのは、きれいな、賢い、おとなしい、立居ふるまいなんかも立派な女でした。一ぺんもふてくさった言葉なぞ吐いたことはありません。そうして、亭主に身も心もささげ切っているのです！……それに引きかえて、男の方はひどく女をふしあわせな目に合わせました。年百年中、いろいろな女のしりを片っぱしから追い廻しているのです。女房を虐待《ぎゃくたい》したばかりではなく、今度はときどきやきもちを焼いてさえ見せるのです。一度なんか、女房に短刀を一突き食わせましたよ。ところが、どうでしょう。女房の方ではそのためにいっそう亭主にほれてしまったのです。女というものはこういう風にでき上っております。ことにアンダルシヤの女はそうです。その女は腕にこしらえた傷あとを自慢にして、世界で一番うつくしいものか何かのように、見せびらかしておりました。それに、ホセ・マリヤという男は、法外に、仲間の仁義を知らない野郎でした！……ある時一緒に仕事をしたのですが、奴が実にうまく立ちまわったので、もうけは全部奴のふところへころげこみ、鉄砲の弾丸と仕事の後始末だけがこっちの頭へふって来たことなどがありました。が、話を元へもどすことにいたしましょう。カルメンの消息がぱったりきこえなくなったのです。ダンカイレが言うには、――おれ達のうちだれか一人がジブラルタルへ行って、様子をきいて見る必要がある。あの女はきっと何か仕事を用意しているに違いない。おれが行ってもいいが、ジブラルタルでは顔が売れ過ぎているんでなあ。――片目が言いました。――おれもよ。あそこじゃ、みんなおれを知っていやがる。何にせえ、えび（三二）どもにさんざん一杯食わせてやったからな。それにおれは目が片っ方しかねえから、ばけるなあちっと骨さ。――じゃおれが行かなくちゃならんかね！　今度は私がこう言いました。カルメンにまたあえるというたった一つのことでもう有頂天になったのです。――どうだね、どうしたらいいかね？――二人は私に言いました。――とにかく船に乗るか、それとも、サン‐ロックを通って行く予定にしろ。どっちでもお前の好きな方にするが好い。そうして、ジブラルタルへ着いたら、波止場でラ・ロリョーナというチョコレート売りの婆さんが、どこに住んでいるか、きくがいい。その婆さんが見つかれば、その婆さんの口からあそこで起っていることはきけるはずだ。――三人ともガウシーンの連山まで出かけ、そこで二人の仲間を残して、私だけが、果物売りにばけて、ジブラルタルへ行くことにきまりました。ロンダで、一味のものの一人が手形を手にいれてくれていました。ガウシーンでは、ろばを一匹もらいました。私はそれにオレンジとメロンを積んで出かけました。ジブラルタルへ着くと、ラ・ロリョーナをしっている者のたくさんあることはわかりましたが、その女は死んだか、それとも地の果て《フィニブス・テラエ》（三二）へ行っているかしているのです。この婆さんの行方不明は、私の考えでは、どうしてわれわれがカルメンと通信する機会を失ったかを説明するものでした。私は厩《うまや》の中へ、ろばをつなぎ、オレンジをかついで、それを売るような顔をして、町を歩き廻りました。が、実際は、むろん、だれかしっている顔にあわないか、ためすためでした。この町には、世界中の国という国のやくざ者が、雲の如く集っております。まるでバベルの塔*です。十歩歩く間に、十の国の言葉を耳にしないわけには行かぬ有様なのですから。同じ密輸入者組もよく見かけました。が、どうも私はその連中を信頼する気になれませんでした。私の方でも奴等に探《さぐ》りをいれるし、奴等の方でもこっちの様子をうかがうといったわけです。お互いに堅気の者でないことは推察するのですが、かんじんなことは、同じ仲間かどうかを知ることです。二日ほどむだ骨を折って、かけずりまわったあげく、ロリョーナについても、カルメンについても、何一つ得るところがありませんでした。何か買い物でもしてから、仲間のところへ帰って行こうかと思いました。そう思いながら、夕日を浴びて、町をぶらぶら歩いていますと、一軒の家の窓から女の声が私を呼びました。「オレンジ屋さん！……」私は顔をあげました。見ると、露台《バルコン》にカルメンが立っております。赤い軍服に金の肩章をつけ、髪を縮らした、一見大身の貴族らしい様子の士官とつれ立って、手すりに肘をついているではありませんか。女はと申しますと、実にすばらしい身なりをしていました。肩掛を垂らし、金のくしを光らせ、着物は絹ずくめです。それに、この女は、相変らずの大胆不敵で、横腹をかかえて笑っているのです！イギリス人は、おぼつかないスペイン語をあやつりながら、私にあがって来いと叫びました。奥さんがオレンジを食べたいと言うのです。カルメンはバスク語で私に向かって言いました。──あがっておいでよ。そしてどんなことがあってもびっくりしてはいけないよ。──まったくのところ、この女のすることなら、驚くべきことは何もないわけです。女に再びめぐりあったことが、私にとってうれしい方が強いか、苦しみの方が強いか、自分にもわかりませんでした。戸口のところに、髪に粉をふりかけた、背の高いイギリス人の召使が立っていました。そいつが立派な客間《サロン》へ私を案内しました。カルメンはすぐにバスク語で私に話しかけました。──お前はスペイン語を一言もしらず、私の顔もしらないんだよ。いいかい。──それからイギリス人の方をふり返って、──ほら私の言った通りでしょう。この男がバスク人だってことはすぐに見わけがついたのよ。どんなおかしな言葉だか、今にきかせて上げますよ。なんて間抜けな面《つら》をしているんでしょう。ねえ、御覧なさいな？　戸だなの中で見つかった猫みたいじゃありませんか？――そんなら、きさまは、面の皮の厚いすべたじゃねえか。きさまの情人《いろ》の前で、そのしゃっ面《つら》を一突きお見舞い申してえんだぞ。私も自分の国の言葉でこう言い返しました。――情人《いろ》だって！　おやおや、お前さん、だれにも知恵をつけられないでそれがわかったのかい？　そうして、このとうがん野郎にりんきを起しているってわけかい？　お前さんはカンディレホの通りで逢《あ》った昔よりもっとおばかさんだねえ。わからないのかい、ほんとにあきれたばかだよ。私は今仕事をしているんじゃないか。しかも御覧よ。こんなに細工はりゅうりゅうじゃないか。この家も私のものだよ。えびの持っている金貨も今に私のものさ。鼻面つかんでひっぱりまわしているんだよ。二度と出て来ないところへひっぱりこんでやるつもりさ。彼女はこう言うのです。

――おれはな、きさまが仕事仕事って、いつまでもこんなまねをするなら、二度とできねえように思い知らせてやるぞ。私もこう言い返しました。

――おやおや！　そうでございましょうともだ！　お前さんは、じゃ、私のロムかい？　そんな指図がましいまねをしてさ。片目の野郎がいいって言っているんだ。お前さんに何の文句があるんだい？　お前さんは私のミンチョーロ（三三）と言われるたった一人の男で満足していていいはずじゃないか？

――何を言いますか？　こうイギリス人がききました。

――のどが渇いているので、一口ちょうだいしたいものだ、と言っているのですよ。カルメンはこう答えました。それから自分の通訳ぶりに、われながらおかしくなって、笑い声を爆発させながら、長腰掛の上にあおむけに倒れました。

おききください。この女が笑う時には、筋道の立った話などする方法はとうていありません。みんなこの女と一緒に笑ってしまうのです。この背の高いイギリス人も、いかにもとうがん野郎らしく、笑い出しました。そうして私のところへ酒を持って来るように言いつけました。

私が飲んでいる間、――こいつが指にはめている指輪を見たかい？　お前さんが欲しいと言えば、お前さんに上げるよ。彼女はこう言うのです。

私はこう答えました。――マキラ（こん棒）を一本ずつ握って、きさまのイギリス貴族を山の中へ突っ立たせることができれば、指の一本くらい、くれてやるぞ。

イギリス人は、その言葉を聞きとがめて、たずねました。

――マキラ？　マキラというのはどういう意味かね？

──マキラというのは、それはオレンジのことですよ。相変らず笑いながら、カルメンはこういうのです。──ねえ、おかしな言葉じゃありませんか？　オレンジをマキラだなんて。あなたにマキラを食べさせたいと言うんですよ。

──そうかね？　それじゃ、あすもまた、マキラを持って来ておくれ。イギリス人はこう言いました。──われわれが話をしているところへ、召使がはいって来て、食事の支度ができたことを知らせました。イギリス人は立ち上って、私に銀　貨《ピヤーストラ》を一枚握らせ、それからカルメンに腕を貸しました。まるで一人では歩けない女のようです。カルメンは、相変らず笑いながら、私に言いました。──ねえ、お前さん、私はお前さんを食事には呼べないがね、そのかわり、あす、衛兵整列の太鼓を聞いたら、さっそく、オレンジを持ってここへおいでよ。カンディレホの通りの部屋よりも立派に飾りつけた部屋があるからね。私がいつまでもお前さんのカルメンシタかどうか、今にわかるよ。それから仕事の話もあるからね。──私は一言も答えませんでした。往来へ出ると、イギリス人が私のうしろから叫びました。──あすもマキラを持って来てくれ！　それからカルメンの笑い声の爆発がきこえました。

私はとび出して見たものの、どうしたらいいのか、夢中です。その晩は、ほとんど一睡もしませんでした。朝、この裏切女に対する私の怒りは絶頂に達していました。二度と女の顔を見ないでジブラルタルをたってしまおう、こう決心していました。が、最初の太鼓の響きがきこえて来るが早いか、からだ中の勇気がぬけてしまいました。私はオレンジのかごをかかえ、カルメンのところへ、かけつけました。女の部屋のよろい戸が半開きになっていました。私は女の大きな黒い目がこちらをのぞいているのを見ました。髪に粉をふりかけた召使がすぐに私を導き入れました。カルメンは召使に何か使いを言いつけました。そうして二人きりになるが早いか、例の鰐《わに》のような笑い声を爆発させて、私の首っ玉へかじりつきました。この女がこんなに美しく見えたことはありませんでした。マドンナのように着飾っています。香水をふりかけていました。……絹張りの家具、ししゅうをした窓掛け……ああ！……そうして私といえば、御覧の通りのどろぼうの風体だったのです。——ミンチョーロ、私ゃここにあるものを片っぱしからたたきこわしてしまいたいよ！　家に火をつけて山の中へ逃げて行ってしまいたい！　カルメンはこう言うのです。それから愛撫です！……それからまた笑い声の爆発です！……踊りました。すそ飾りを引きちぎりました。猿《さる》だってこんなに躍り上ったり、ばか騒ぎをやったりはいたしません。彼女が再び真顔に返ったとき、こう言いました。——よくきいておくれよ。仕事の話だからね。あの野郎に私をロンダまでつれて行かせようと思うのさ。あそこにゃ尼になっている妹が一人いるんだからね……（ここでまたしても笑い声を爆発させました）。後でお前さんのところへ知らせるけれど、ある場所を通るからね。お前さんたちが奴に飛びかかって、身ぐるみはいでしまうのさ！　一番いいのは、ばらしてしまうことなんだけれど。しかし、ここで、彼女は、ふとした拍子にもらす、あの悪魔的な微笑をうかべながら、つけ加えました。あの微笑こそ、だれもあれをまねしようという気にはなれないしろものです。――どう、わかるかい？　やらなきゃならんことが？　めっかちに一番さきに出てもらいたいのさ。お前たちは少しうしろにいておくれ。えびの野郎はなかなか強くて、腕も達者だからね。上等のピストルを何ちょうも持っているんだよ……わかったかい？……

彼女は、またしても笑い声を爆発させながら、言葉を切りました。私は思わず身ぶるいしました。

――だめだ。おれはガルシヤを憎んではいる。しかし仲間は仲間だ。いつか、お前のために、奴を片づける時は来るだろう。が、その時は、おれの国のしきたりに従って、ちゃんと勘定をつけるつもりだ。おれは密輸入者の仲間にゃはいっているが、根っからじゃねえからな。ものによっちゃ、おれはどこまでも、ことわざの文句じゃねえが、竹を割ったるナヴァーラ人（三四）だぞ。

女は言葉をつづけました。――お前さんはばかだね。腰抜けだよ。ほんとのペイロだよ。唾《つば》を遠くまで飛ばすことができたといって、背が高いと思っている小人みたいだよ。お前は私をかわいがってなんかいないのだ。出て行っておくれ！

この女が私に向かって、出て行っておくれ、と言う時、私は出て行くことができませんでした。私は出発することを、仲間のところへ帰ってイギリス人を待ち伏せることを、約束しました。すると彼女の方では、ジブラルタルを去ってロンダに向かう時まで、病気になることを約束しました。私は後二日、ジブラルタルに足をとめました。女は、大胆にも姿を変えて、私の宿へあいに来たりしました。私は出発しました。私も胸に一つの計画を持っておりました。イギリス人とカルメンとが通る予定の場所と時刻を胸に収めて、約束の場所へ帰りました。帰って見るとダンカイレとガルシヤは私を待ちかねておりました。三人は景気よく燃える松笠のたき火をかこんで、一夜を森の中であかしました。私はガルシヤにカルタの勝負を申し込みました。彼は承知しました。二度目の勝負の時、私はきさまはいんちきをやったろうと言いました。相手は笑い出しました。私は、相手の顔をめがけて、カルタを投げつけました。彼は銃をつかもうとしました。私はそれを足でふまえながら、叫びました。「きさまはマラガ一の若い衆と同じくらいじょうずに短刀を使うというじゃないか。一つおれとやって見ろ！」ダンカイレが二人を分けようとしました。私は早くもガルシヤに二つ三つげんこを食らわしていました。憤怒《ふんぬ》が彼を向う見ずにしていました。彼は自分の短刀をぬきました。私も自分の短刀の鞘を払いました。かまわず、尋常の勝負をする場所をあけてくれるように、二人口をそろえてダンカイレにたのみました。ダンカイレも二人をとめる道のないことを見てとって、遠のきました。ガルシヤはすでに、二十日ねずみをめがけてとびかかろうとする猫のように、からだを二つに折り曲げました。楯代りに左手で帽子をつかみ、短刀を前に突き出しました。これがアンダルシヤ式の構えです。私は、ナヴァーラ式に構えました。相手の正面に真直ぐに突っ立ち、左の腕をあげ、左足を前に出し、短刀は右の腿《もも》にぴったりと引きつけました。私は巨人よりも強いような気がしていました。相手は私をめがけて矢のようにとびかかって来ました。私は、左の足を心棒に、くるりとまわりました。相手は空を突きました。が、私の方は彼ののどを突いていました。短刀がよほど深くはいったので、自分の握りこぶしが相手のあごの下にかくれてしまったくらいでした。私が刃をぐいとねじると、勢い余って折れてしまいました。勝負はついていました。人間の腕の太さほどもある血の噴水に押し流されて、折れた刃が傷口から飛び出しました。ガルシヤは、杭《くい》のように固くなって、うつ伏せに倒れました。——何ということをしたのだ？　ダンカイレは私に向かってこう言いました。——きいてもらおう。二人は一緒に生きちゃいられないわけがあったのだ。おれはカルメンにほれている。おれは一人になりたいのだ。が、そればかりじゃねえ、ガルシヤの野郎は人間じゃねえや。かわいそうに、レメンダゾの奴にあの野郎が何をしたか、おれは忘れはしないぞ。とうとう二人きりになってしまった。だがな、おれたち二人は、腹黒野郎たあ、生れがちがうつもりだ。おれと生きるも死ぬも一緒の友だちになってくれるか？　私はダンカイレにこう言いました。ダンカイレは私に手をさしのべました。この男ももう五十に手のとどく年輩だったのです。――色の恋のって、おれあ、まっぴらだ！　彼はこう叫びました。――お前がカルメンをもらいたいって言えば、あいつは銀貨一枚で売ってくれたかも知れねえんだ。たった二人になってしまったじゃないか。あすから、どうすればいいのだ？　――おれ一人にまかせておいてくれ。今こそ矢でも鉄砲でもくそ食らえだ。私はこう答えました。

二人は土をほって、ガルシヤを埋め、そこから二百歩ほど遠くへ行ったところへ、根城を移しました。翌日、カルメンと例のイギリス人が、らばひきを二人、召使を一人つれて通りかかりました。私はダンカイレに向かって言いました。――イギリス人はおれが引き受けた。ほかの奴らをおどしてくれ。飛び道具は持っていないから。イギリス人はきものすわった男でした。カルメンがその男の腕を突きのけていなければ、私は殺されているところでした。手短かに申せば、その日ふたたび、私はカルメンを手にいれたのです。私が最初に口にした言葉は、お前はやもめになったという文句でした。いきさつを知ってしまうと、彼女は私に向かって言いました。――お前は、いつまでたっても、リリペンディさ。ガルシヤに殺されていたかも知れないんだよ。ナヴァーラ式の構えだなんて、ばかばかしいにもほどがあるよ。あの男は、お前よりよっぽど腕のある連中を、何人も墓の下へ送りこんでいるんだからね。あの男の年貢《ねんぐ》のおさめ時が来ていたのさ。お前さんの時だって今に来るから。――てめえだって同じことだぞ。おれのほんとの口ミらしくふるまわねえ時には。私はこう答えました。――結構でござんすよだ。私ゃ何べんもコーヒーの煮がらで占っているんだ。私たちは一緒に命をおとす定めなんだよ。ふん！　それがどうなるものかね！　彼女はこう言いました。それから、カスタニェットを鳴らしました。これは、何かいやな考えを払いのけようとする時、いつもこの女のするしぐさです。

自分のことをしゃべっていると我を忘れてしまいます。こんなこまかいことは、たぶん、おききになる方《かた》には、たいくつでしょう。しかし、もうじきおしまいです。こういう生活は、かなり長い間、つづきました。ダンカイレと私は、最初の奴らよりちっとはしっかりした連中を五、六人、仲間に引きいれて、密輸入をつづけて行きました。それから、時には、これは白状いたさねばなりませんが、街道筋で、追いはぎも働きました。

が、それはよくよくの時で、ほかにどうすることもできない時のことでした。のみならず、旅人に対して手荒なまねはしませんでした。金をとりあげるだけで満足しました。二、三カ月の間、私はカルメンに満足していました。うまく潮時を知らせるという役目をつづけ、仲間の仕事のためには、相変らず役にたつ女でした。ある時はマラガに、ある時はコルドヴァに、またある時はグラナダに、みこしをすえておりましたが、私からひとこと言ってやると、万事を投げすてて、人里離れたヴェンタや、時には野宿の場所にさえ、私にあうために、やって来ました。たった一度、これはマラガでの話ですが、女はちょっと私を心配させました。私は彼女がある大金持の商人に目星をつけたことをきき知ったのです。たぶんこの男を相手に、例のジブラルタルでの悪ふざけを、もう一度やるつもりだったのでしょう。私はダンカイレがあらゆる手だてをつくしてとめるのをふり切って、飛び出し、真昼間マラガの町へ乗りこみました。カルメンをさがし出し、すぐにつれて帰りました。二人は激しい言い合いをしました。女は私に向かってこう言いました。――いいかい、お前さんがほんとに私のロムになってからというものは、私は、お前が私のミンチョーロだった時より、好きになれないのだよ？　私ゃ、いじめられるのがいやだが、なかでも権柄《けんぺい》ずくでものを言われるのが、一番きらいさ。私の願っていることはね、だれからも文句を言われないで、自分の好きなことをしていることさ。

私の堪忍袋《かんにんぶくろ》の緒を切らさないように、用心するがいいや。お前さんがたいくつなまねをすると、私ゃ、どこかで、いい男を見つけてくるから、そいつが、お前さんが片目に向かってしたようなことを、お前さんにするだろうぜ。――ダンカイレが二人をとりなしました。が、二人はもう胸から記憶を消すことのできないことを言い合ってしまったのです。二人はもう以前の二人ではありませんでした。それから少したって、運の悪いことが起りました。兵隊に、不意を襲われたのです。ダンカイレは殺されました。それから仲間の二人もやられました。ほかの二人はつかまり、私は手痛い傷を負いました。もしあの逸物に乗っていなかったら、兵隊どもの手に落ちていたはずです。へとへとに疲れ、からだには弾丸を受けているという始末で、ただ一人残った仲間の者と一緒に、とある森の中へ逃げのびました。馬からおりると、私は気を失いました。霰弾《さんだん》を見舞われたうさぎみたいに、くさむらの中でくたばるんだな、そんな心細いことを考えました。仲間は、かねて知っているほら穴の中へ、私をはこび、それからカルメンをさがしに出て行きました。彼女はグラナダにいましたが、すぐにかけつけました。二週間の間、寸時も私のそばをはなれませんでした。まぶたさえ合わせませんでした。最愛の男のためにどんな女だってつくさなかったほどの鮮かな手際と心づかいとで、女は私を看護してくれました。やっと立ち上れるようになるが早いか、彼女は、だれにも知れぬように、私をグラナダへつれて行きました。ボヘミヤ女は、いたるところに、安全なかくれがを持っております。私をさがしている市長の家と目と鼻の間にある一軒の家で、私は六週間以上も日を送りました。一度ならず、よろい戸のかげからのぞいていると、大将の通る姿が見えたものです。ついに私は健康を回復しました。が、病床で苦しんでいる間、さんざん考えぬいていたのです。生活を変えようという気になっていたのです。私は、カルメンに向かって、スペインの土地をはなれ、「新世界《アメリカ》」で地道に暮して行くことを、考えようじゃないかと、言い出して見ました。

女は鼻のさきで笑いました。——キャベツを植える人柄じゃありませんよ。こちとらにつり合った運命はね、いいかい、ペイロどもをはいで、おまんまをいただいて行くことさ。きいておくれ、私はジブラルタルのナータン・ベン・ヨセフと仕事の話をつけたのだよ。木綿の手持があるのだが、通るのにお前さんの都合を待つばかりなんだよ。お前さんが生きているってことをあの男は知っているのさ。お前さんをあてにしているんだよ。お前さんが義理を欠くようなまねをしたら、ジブラルタルにいる情報係の奴らがなんて言うだろう？　彼女はこう言うのです。私はまたずるずるに引きずられました。再びこの極道《ごくどう》商売をつづけたのです。

私がグラナダにかくれている間に、闘牛がありました。カルメンはそこへ出かけて行きました。帰って来ると、彼女はルーカスという名の闘牛士のうわさをひどく熱心にしました。その男の名前や、男の着ている、ぬいとりの胴衣がいくらかかったかというようなことまで、知っておりました。私はそれを気にとめませんでした。ファニトという、仲間でただ一人生き残った男が、五、六日たってからのこと、カルメンがルーカスとつれだって、サカーチンのある商人のところにいるのを見かけたと私に告げ口しました。これはようやく私を驚かせ始めました。私はカルメンに向かって、どうして、また何のために、闘牛士としり合いになったかと、たずねました。――つき合っておけば、何か仕事のできる男だよ。音のする川は、水があるか、石があるかどっちかさ。(三六)一場所で千二百レアールもうけたのだよ。二つのうち一つは物にしなくちゃ。その金を巻き上げるか、それとも、馬にのるのが上手で、度胸もある男だから、私たちの組へいれることもできるさ。だいぶ死んだものがあるじゃないか。お前さんだって後の補充をつけなくちゃなるまい。あの男を仲間にいれてやっておくれよ。

――おれはな、奴の金もいらなけりゃ、奴のからだもいらないんだ。あの男と口をきくのをさしとめるから、そう思え。私はこう答えました。――気をつけたがいいよ。私に向かって何かしちゃならんなどと口をきくと、いつの間にか何かがちゃんとでき上っているからね。運よく、闘牛士はマラガへ向けてたってしまいました。私は、例のユダヤ人の木綿の荷をいれる仕事にかかりました。この仕事でたくさんしなければならぬことがありました。カルメンも同様でした。私はルーカスのことを忘れていました。おそらく彼女自身も忘れていたのでしょう。少くともその当座だけは。そうです、この時分のことですよ、最初モンティーリャの附近で、それから次にコルドヴァで、あなたにおあいしたのは。最後におあいした時のことは申しあげるまでもありますまい。おそらくあなたの方が私よりももっとよく御存知でしょうから。カルメンはあなたの時計を盗んだのです。彼女は、その上さらに、あなたのお金をねらっておりました。それから、なかでも、その指にはめていらっしゃる指輪をほしがったのです。それは彼女の言うには、魔法の力のある指輪で、これを手にいれることは非常に重大な意義があるのだと申すのです。二人は激しい言い合いをいたしました。私は女をなぐりました。女はまっさおになって、泣き出しました。あの女が涙を流すのを見たのはこれが初めてでした。これは私にとっては異常な感銘でした。私は女に許しを求めました。が、女は一日中ふてくさっておりました。私がふたたびモンティーリャへ向けて出発した時も、私に口づけをしようとしませんでした——私はゆううつな日を送っていました。すると、三日たってから、彼女は、かわらひわのように陽気な笑顔を作って、私にあいにやって来ました。すべてを水に流してしまいました。二人の様子はほやほやの恋人同士そのままでした。別れぎわに、女は、私に向かって、こう言いました。——コルドヴァにお祭りがあるから、見に行って来るよ。それから、金をつかんで帰る奴らに目星をつけて、お前さんの方へ知らせるからね。私は女をそのまま立たせてやりました。一人になると、その祭りというのと、カルメンの機嫌が突然変ったことが、気になって来ました。あの女はもう仕返しをしたにちがいない。あの女の方からさきに帰って来たのだから。私はこう自分に言って見ました。——コルドヴァで闘牛のあることを、ある百姓が知らせてくれました。私の血は煮えかえりました。きちがいのようになって、飛び出すと、その場へかけつけました。あれがルーカスだと言って、そばの者が教えてくれました。柵《さく》によせて並べた腰掛の上にカルメンの姿が見えました。自分の予想をたしかめるためには、しばらくカルメンの姿を見ているだけで十分でした。ルーカスは、私の思っていた通り、最初の牛を相手に、もう色男ぶったしぐさをやり出しました。自分の牛のリボン（三七）を抜きとって、それをカルメンのところへ持って来ました。女は即座にそれを頭に巻きました。牛が私のかたきをうってくれました。ルーカスは、馬と一緒に、馬の下敷になって、突き倒されました。その上に牛が乗ってしまったのです。私はカルメンの方をながめました。彼女の姿はもうその場から消えていました。私のいる場所から外へ出ることは、とうていできません。小屋のはねるまで、待たなければなりませんでした。それから御承知の家へ出かけて行きました。私はそこで夕方中ずっと、それから夜になってもしばらく、ものも言わずに、じっとしておりました。朝の二時頃カルメンが帰って来ました。私がその場にいるのに少し驚いたようでした。——おれと一緒に来い。私は彼女にこう言いました。——ああいいよ！　さあ行こう！　彼女もこう言いました。私は自分の馬をひいて来ました。女を馬のしりに乗せました。夜の明けるまで一言も口をきかずに馬を進めました。夜明けに一軒家のヴェンタまで来て、馬をとめました。それから程遠くないところに、ささやかな修道者の庵《いおり》がありました。その場所で、カルメンに向かって言いました。

——なあ、きいてくれ、おれは何もかも水に流すつもりだ。もう何も言わない。たった一つこれだけのことを誓ってくれ。おれと一緒にアメリカへ渡って、地道に暮すことを誓ってくれ。

——いけないよ。私はアメリカなんか行きたくないよ。ここでたくさんさ。ふてくさった調子で、女はこう答えました。

——ルーカスのそばにいられるからだろう。だがよく考えて見てくれ。あの野郎はなおったとしても、生かしておける男じゃない。だが、考えて見りゃ、奴を何だってうらむことがあるのだ？　おれはもうお前の情人を一々殺すのには、あきあきしている。今度はお前を殺す番だ。

女は例の野獣のような目つきで、じっと私を見つめました。それからこう言いました。

——いつでもそう思っていたよ。お前さんが私を殺すだろうってことは。一番初めにお前さんにあった時、うちの戸口のところで坊さんに行きあったのさ。それから今夜は、コルドヴァの町を出る時、お前さんの目には何も見えなかったかい？　お前さんの馬の足の間をすり抜けてうさぎが道を横切ったのだよ。占いにちゃんと出ているのさ。

——カルメンシタ、お前はもうおれにほれていないのか？　私は女にこうききました。女はひとことも答えませんでした。両足を組んで、むしろの上に坐り、指で土の上に何かしきりに書いていました。

——暮し方を変えるんだ、カルメン。私は哀願の調子でこう言いました。——もう二度と別れるようなことのないどこかへ行って暮そう。お前も知っているだろう。ここからそんなに遠くないところに、かしの木の下に、百二十オンスの金がうめてあるのだ……それに、あのユダヤ人のベン・ヨセフのところにも、まだおれたちの資本があるじゃないか。

女は笑い出しました。そうしてこう言いました。

——私がまずさきに、それからお前さんさ。こういう風になるだろうってことは、ちゃんと知っていたよ。

私は言葉をつづけました。

——よく考えてくれ。おれはもう我慢も勇気もなくなっているんだ。お前のはらをきめてくれ。それでなけりゃ、おれのはらをきめるばかりだ。

私は女のそばをはなれ、庵の方へぶらぶら歩いて行きました。修道者はお祈りの最中でした。私はお祈りがすむのを待ちました。自分も祈りたい気持でいっぱいでした。が、私にはできませんでした。修道者が立ち上った時、私はその方へ歩いて行きました。

——御修道者、危い瀬戸際に立っている者のために、お祈りをあげていただけますでしょうか？

——苦しんでいなさる者なら、どなたのためにでも、私はお祈りをいたしますでな。

——おそらくは、主の御前に出なければなるまいと存じますが、そういう一つの魂のために、ミサをあげていただけますでしょうか？

——よろしい。承知しました。私の顔をじっと見つめながら庵主はこう答えました。

——私の様子に、どこかおかしいところがあったものですから、庵主は私に話をさせようとして、——どこかでお目にかかったように思いますがな、と言いました。

私は銀貨を一枚庵主の腰掛の上におきました。——いつミサをあげていただけましょうか？　私はこうききました。

――半時もたてばできましょう。あそこの宿屋の息子がしたくに来ますでな。お若いの、わしに聞かせてはくださらぬか、あなたは胸に何か自分を苦しめる種を持ってはおられんかな？　信者の申すことをきいて見る気はおありにならんかな？

私は今にも涙があふれて来るのを感じました。修道士に向かって、また来ますからと言い捨てて、その場を逃げ出しました。草の上へ行って横になり、鐘の音がきこえるまで、そこにじっとしていました。それからまた近寄って行きました。が、堂の中にはいらずに立っていました。ミサがすむと、私はヴェンタへ帰って行きました。私はほとんどカルメンが逃げてくれることを願っていました。私の馬がいるのだから、それに乗って逃げ出すことはできるはずです。……が、やはり女はそこにいました。この女は、私がカルメンに臆病風を吹かせたと、他人に言われたくなかったのです。私のいない間に、着物の縁《へり》をといて、鉛の玉をとり出していました。今、女はテーブルの前に坐って、水をいっぱいみたした器の中へ、とかした鉛を投げこんだのを、一心にながめております。自分の占いにまったく熱中していましたので、最初、私の帰って来たことには、気がつかなかったくらいでした。鉛の一片を手にとって、悲しげな様子で、それをあちこちとひっくり返すかと思うと、今度は何やら例の魔法の歌をうたうのです。この歌で、ボヘミヤの女たちは、あのドン・ペドロのお気に入りのそばめであったマリ・パディーリャを呼び出すのです。マリ・パディーリャは、バリ・クラリサ、すなわち、ボヘミヤ人の大女王（三八）であったといわれている女です。

——カルメン、おれと一緒に来てくれるか？　私は女にこう言いました。

女は立ち上り、器を投げ出しました。それから、いつでも出かけますという風に、ショールを頭にかぶりました。宿の者が馬をひいて来ました。女は鞍のうしろに乗りました。そうして二人はそこを遠ざかりました。

——じゃ、私のカルメン、お前はほんとにおれと一緒に来てくれるのだね？　少し行ったところで、私はこうききました。

——わたしは死ぬところまでお前さんについて行きますよ。それはよござんす。しかしもうお前と一緒には生きていないから。

さびしい谷あいにさしかかりました。私は馬をとめました。——ここかい？　こう女が言いました。そうして、ひらりと身をひるがえしたと思うと、馬からおりていました。ショールをぬいで、足下に投げつけました。腰の上へ、握った片手のこぶしをあてがい、私の顔を、穴のあくほど見つめながら、じっと立っています。

——私を殺そうというんだろ、ちゃんと知っているよ。書いてあるから。だがね、お前さんの心には従いませんよ。女はこう言いました。

——この通りたのむのだ。冷静になってくれ。おれの言うことをきいてくれ！　なあ、過ぎたことは全部水に流すのだ。だが、これだけはお前も知っているだろう。おれの一生を台なしにしたのはお前だぞ。おれが泥棒になったり、人殺しになったりしたのは、お前のためだぞ。カルメン！　おれのカルメン！　おれにお前を救わせてくれ、お前と一緒におれを救わせてくれ。

——ホセ、お前さんはできない相談を持ちかけているよ。私はもうお前さんにほれてはいないのだよ。お前さんはまだ私にほれているのさ。お前さんが私を殺そうというのは、そのためだ。私はまだお前さんにうそをつこうと思えば、いくらでもできるけれど、そんな手数をかけるのがいやになったのさ。二人の間のことは、すっかりおしまいになったのだよ。お前さんは私のロムだから、お前さんのロミを殺す権利はあるよ。だけど、カルメンはどこまでも自由なカルメンだからね、カリに生れてカリで死にますからね。

これが女の答でした。

——じゃ、お前はルーカスにほれているのか？　私はこうききました。

——そうさ、私はあの男にほれましたよ。お前さんにほれたように、一時はね。たぶんお前さんほどには真剣にほれなかったろうよ。今では、私は何も愛しているものなんかありはしない。そうして、私は、お前さんにほれたことで、自分をにくらしく思っているんだよ。

私は女の足もとに身を投げ出しました。女の手をとり、自分の涙でそれをぬらしました。一緒に過した幸福の日の数々を、一つ一つ、思い出させようとしました。お前の気がすむならば、いつまでも山賊でいよう、とさえ言いました。すべてを、そうです、すべてを、私はこの女にすべてを提供しました。ただ一つ、これからも私を愛してくれるならば！

女は言いました。――これからもお前さんをかわいがるって、それはできない相談ですよ。お前さんと一緒に暮すことは、まっぴらさ。私はかっとなりました。そして短刀を抜きました。それでもまだ、女が急に怖しくなって、許しを求めてくれればいいとは思っていたのです。が、この女は悪魔でした。

――さあ、これが最後だ、おれと一緒に生きて行くつもりになれないか！　私はこう叫びました。

――だめ！　だめ！　だめ！　足ぶみをしながら、女はこう叫びました。それから、私のやった指輪を、指からぬきとったと思うと、くさむらの中へ投げこみました。

私は女を二突き突きました。それは片目の持っていた短刀で、私の短刀が折れた時、かわりにとって使っていたものでした。女は二突き目に、叫び声もあげず、倒れました。私の顔を穴のあくほどじっと見つめていたあの黒い大きな目が、今でも目に見えるような気がいたします。それから、その目は、どんよりと視線がみだれ、やがて閉じてしまいました。私は死体を前にして、ものの一時間も、ぼんやり立っていました。それからカルメンが、たびたび私に向かって、死んだら森の中にうめてもらいたいと言っていたことを思い出しました。短刀で穴をほり、その中へ、女を横にしてやりました。長いことかかって指輪をさがし、とうとう見つけました。小さな十字架と一緒に、それを、穴の中の女のそばへ、いれてやりました。おそらくは、そんなことをしない方がよかったかも知れません。それがすむと、私は馬に乗りました。コルドヴァまで一気に飛ばして、最寄の屯営所に自首して出たのです。私はカルメンを殺したことを申し立てました。が、女の死体がどこにあるかは、言いたくありませんでした。修道者はほんとにけだかい人でした。あの女のために祈ってくれたのです。あの女の魂のために、ミサをあげてくれたのです……考えて見れば、かわいそうな女です！　あんな風な女にそだて上げられたのも、みんなカレたちが悪いのです。

（一）〔Maqui as〕　バスク人の用いる金輪のはまったこん棒。
（二）〔Vingt-quatre〕　市町村の警察及び行政事務を行う長官。

（三）　ナヴァール及びバスク諸県の百姓娘の普通の身じまい。

（四）　**Pintar un javeque**　三本マストの帆船をかく。スペインの三本マストの帆船は、大部分、船腹を赤と白の市松にぬっている。

（五）　Oui, monsieur.〔はい、そうです〕の意。

（六）　〔barratcea〕園、庭。

（七）　〔jaques〕壮漢、肩で風を切る連中、というような意味。

（八）　スペインの騎兵隊はすべて槍《やり》を持っている。

（九）　**Alcalà de los Panaderos**　セヴィーリャから二里ほどはなれたところにある町で、非常にうまい小型パンのできる土地である。何でもパンの上等なのはアルカラの水がいいせいだということである。毎日このパンは多量にセヴィーリャの町へはこばれる。

（10）　Bonjour, camarade.〔今日は〕

（二）　セヴィーリャの町の家々は、たいてい、廻廊にかこまれた中庭を持っている。夏はそこに集まるのである。この庭には天幕が張ってあって、昼の間これに水を注ぎ、夜になると取りはらうのである。通りに面した門は、たいてい開けはなしになっており、中庭へ行く通り道、すなわちzaguanには、たいへん優雅な飾りをほどこした鉄格子がしめきってある。

（三）　Mañana serà otro dia.　――スペインのことわざ。

（三）　Chuquel sos pirela,
　　Cocal terela.

犬も歩けば、骨にあたる。――ボヘミヤ人のことわざ。

（一四）〔yemas〕砂糖でかためた卵の意味。

（一五）〔turon〕ヌガーの一種。

（一六）ドン・ペドロ王を、われわれは le Cruel〔暴王〕などと名づけているが、王妃イサベラ・ラ・カトリックはいつも le Justicier〔国法厳守者〕という名前でばかり呼んでいたのである。この王様は夕方好んでセヴィーリャの街々を、カリフのハルン＝アル＝ラシッドの如く冒険を求めながら、散歩したのである。ある晩、王はちょっと寂しい通りで、セレナードをやっている一人の男と、衝突した。果し合いが始り、王はその恋の騎士を切り倒した。刃物の打ち合う音を聞きつけて、一人の婆さんが窓から首を出し、手に持っていた小さなランプ、すなわち candilejo で、その場を照した。申しておかねばならぬが、ドン・ペドロ王は、むろんからだも敏活で力もあったが、妙な歩きぶりをするくせがあった。歩くたびに、王のひざの骨が大きな音をたてて鳴ったのである。婆さんは、この音をきいて、難なく国王だということを認めた。翌日、当直のヴァント・カートルが国王のもとへ報告を持ってやって来た。「陛下、昨夜、しかじかの通りで、刃傷沙汰に及びましたる者がございます。一人はこと切れております。――下手人はわかったか？――仰せの如くにございます。陛下。――なぜ、罰を行わぬか――はっ、陛下の御下命をお待ちいたしておりますので。――法の定むるところを行え。」ところで、王は最近一つの法令を発布させていたが、これによれば、決闘を行う者は、何人といえども、その頭をはね、首はその決闘の場所にさらし物にされるというのである。お目付は、才人ぶりを発揮して、事件を片づけた。国王の像の首をのこぎりでひかせ、殺人の現場である通りのなかほどの壁のくぼみの中へ安置させたのである。国王始めセヴィーリャの町中の者は、大いにこれをほめちぎった。通りは、事件の唯一の目撃者である婆さんのランプの名をとることになった。——これが世間の言い伝えである。スニガはこの話を少しちがった風に伝えている。（『セヴィーリャ年鑑』第二冊、一三六ページ参照）それはとにかく、セヴィーリャの町にはカンディレホという通りがある。のみならず、この通りにはドン・ペドロの像と称する胸像がある。不幸にも、この胸像は年代が新しい。原像は十七世紀の頃ひどくすりへったので、当時の町当局が今日見られる如きものととりかえさせたのである。

（一七）　**Rom** 夫。**Romi** 妻。

（一八）　**Calo**　この女性形は **Calli**, 複数形が **Calés**. 直訳すれば、「黒」——ボヘミヤ人は彼らの言葉ではこういう名詞で呼び合うのである。

（一九）　スペインの竜騎兵は黄色い軍服を着ている。

（二〇）　**Me dicas vriardâ de orpoy, bus ne sino braco.**　——ボヘミヤ人のことわざ。

（二一）　聖女、——聖母のこと。

（二二）　絞首台のこと。絞首台は最近に絞り首にあった男のやもめである。

（二三）　赤い（土地）。

（二四）　**Flamenca de Roma.**　ボヘミヤ女を意味する俗語。ローマはここでは永遠の都という意味ではなく、ロミすなわち結婚した人間（ボヘミヤ人は自らこういう名前で呼んでいる）の国という意味である。スペインに現れた最初の連中はおそらくPays-Bas〔ネーデルランド〕から渡って来たものであろう。彼らのフラマンドという名前はこれに由来するものである。

（二五） 球根でかなりうまい飲物が造られる。

（二六） スペイン兵士の常食。

（二七） Ustilar à pastesas　巧みに盗む。手荒なことをせずにかすめとる。

（二八） 一種の義勇隊。

（二九） Sarapia sat pesquital ne punzava.

（三〇） 私をちゃんとした女と思いちがいをしているばか野郎ども。

（三一） スペインで軍服の色にちなんで一般の人々がイギリス人を呼んでいる名。

（三二） 〔finibus terræ〕　懲役、または行方不明。

（三三） 〔minchorrò〕　私の恋人。というよりむしろ岡ぼれほどの意味。

（三四） Navarro fino.

（三五） Or esorjié de or narsichislé, sin chismar lachinguel.　——ボヘミヤ人のことわざ——「こびとの約束は、唾を遠くへとばすこと。」

（三六） Len sos sonsi abela.
Pani o reblendani terela.　——ボヘミヤ人のことわざ。

（三七） La divisa　結び目のあるリボン。その色で牛の出身の牧場がわかるようになっている。この結んだリボンは小さな鉤《かぎ》で牛の背中の皮にとめてある。牛の生きているうちにこれをもぎとって、婦人のところに持って行くことは、ガラントリの極とされている。

（三八）マリ・パディーリャはドン・ペドロ王に魔法をかけたという汚名を着せられている女である。俗説によれば、この女はブルボン家出のブランシュ女王に金の帯を贈ったが、これは魔法をかけられた王の目には、生きている蛇《へび》に見えた。そのために、王はいつも、この不幸な王妃をあのようにいみきらったのであるという。

四

ボヘミヤン、ヒタノス、ジプシー、チゴイネルなどの名で知られ、ヨーロッパ全体に散在している御承知の放浪民族が、今日なお多数に存在する国の一つはスペインである。多くは南部および東部の諸州、すなわちアンダルシヤ、エストレマドゥラおよびムルシア王国に住んで、というよりは、放浪生活を送っている。カタルーニャにも相当たくさんいる。このカタルーニャの連中はたびたび国境を越えてフランスへやって来る。南仏《ミディ》で市の立つ場所では、いたるところ、この連中を見かける。通常、男はばくろう、獣医、らばの毛の刈りこみ屋などを業としている。これに加えて、なべ、かま、銅器の修繕の仕事をすることがある。密輸入その他の不正業に至っては、ここに申すまでもない。女は占いをしたり、こじきをしたり、無害のあるいは然らざるあらゆる種類の薬を売ったりする。

ボヘミヤ人の肉体的特徴はここに記述するよりも、実地に識別する方がはるかに容易である。一度見ておけば、千人の人に混っていても、この種族に属する人間を見わけることは困難ではない。かおかたちと表情、この二つが特に、同じ国に住んでいる人種と彼らとを区別づけるものである。皮膚の色はひどく陽《ひ》にやけていて、彼らがその中に混って生活している人間の皮膚よりはるかに黒いのが普通である。しばしば彼らが自らを呼ぶカレ(Calé)、すなわち黒い人間という名はこれに由来している(二)。目立つほどやぶにらみな彼らの目は、切れが長く、真黒な、濃い長いまつげでおおわれている。野獣の目つき以外に彼らの視線をくらべることはできない。大胆さと臆病さが同時にそこにあらわれている。この点においては、彼らの目は、かなりよくその国民性をあらわしている。ずるくて、果敢ではあるが、しかしパニュルジュ*の如く、本然の性として攻撃を恐れるのである。たいていの男は、背がすらりとして、しなやかで、敏活である。でぶでぶに太った男は一人も見かけたことがないように思う。ドイツには、しばしば美しいボヘミヤ女がいる。スペインのヒタナスの間には、美人はきわめて少い。ごく若い時分は、顔はまずくとも踏めぬことはないくらいには行くが、一度母親になったが最後、二目とは見られなくなる。男女ともに、不潔なことといったら、論外である。ボヘミヤ人のおかみさんの髪を、実地に見たことのない人には、たとえ最上級にこわい、あぶらだらけの、ほこりだらけの馬の毛を想像に描いたとしても、その汚さの観念を作り上げることは困難であろう。アンダルシヤの二、三の大都会においては、他の連中より少しは見られる若い娘たちで、多少身だしなみに気をつけるものもある。こういう娘たちは、金をとって踊を踊りに出て行く。その踊は、われわれの謝肉祭の公衆舞踏において、官憲の禁じている種類のものに酷似している。英人伝道師、ボロー氏は、スペインのボヘミヤ人に関するきわめて興味ある二冊の著述の著者であり、聖書協会の費用で、同地のボヘミヤ人を改宗せしめんと試みた人であるが、次の如き事実を確言している。すなわち、未だかつて、ヒタナが自分の種族以外の男に何かを許したという例は絶対にない、というのである。ボロー氏が彼女たちの貞潔に対してかかげている賞《ほ》め言葉の中には、多くの誇張が含まれているように思われる。まず第一に、大多数の者は、オウィディウスのいわゆる、醜女の場合である。Casta quam nemo rogavit* である。渋皮のむけた連中に至っては、一般のスペイン娘といっこう変らない。恋人の選択に気むつかしいというだけの話である。彼女たちの気にいり、彼女たちに値しなければ、問題にならない。ボロー氏は彼女たちの徳の高いあかしとして、夫子自身の徳性、なかんずく、夫子自身の天真らんまんさを、中外に示すにほかならぬ特徴を指摘しているのである。氏のいうところによれば、知り合いの、ある品行方正ならざる男が、ある美しいヒタナに数枚のオンスを贈ったが、効を奏さなかったというのである。あるアンダルシヤ人にこの話をすると、その品行方正ならざる先生というのが、もしピヤーストラを二、三枚も見せていたら、もうちっとは何とかなったにちがいない、ボヘミヤ女にオンス金貨を与えることは、宿屋の女中に百万とか二百万とかを約束するのと同じくらい、口説《くど》き方法としてはまずいものだ、という説をなした。――それはとにかく、ヒタナスどもが彼女らの夫に対して異常な貞淑ぶりを見せることだけは、たしかである。まさかの場合、夫を救うために、どんな危険をおかし、つらい仕事を忍ぶことも、彼女たちはあえて辞さぬ。ボヘミヤ人が自分を呼ぶ名前の一つに、ロメすなわち「夫婦」というのがあるのは、この種族が結婚の状態を尊ぶしるしのように、筆者には思われる。一般に、彼らの根本道徳は愛国心――彼らがおのれと祖先を一にする個人に対する関係において守る忠実さ、互にさきを争って助け合うこと、あまりかんばしからぬ事業において、彼らが互に守る秘密が絶対完全なこと、などを、もしも愛国心と呼びうるならば――であるということができるであろう。もっとも、一般に、秘密結社や法律の保護外に出た時などは、だれでもこれと同じようなことを守るものである。

　作者は、数カ月前、ヴォージュに来て住んでいたボヘミヤ人の部落を訪れたことがある。ここの部族の最年長者である一人の老婆の小屋の中に、この家族とは無関係な一人のボヘミヤ人がいたが、生死を気づかわれる病気にかかっておった。病院で何不足なく世話を受けていたのをぬけ出して、同国人の中で死ぬためにやって来たのである。十三週間も前から、この世話をしてくれる家で床《とこ》につき、同じ家に暮しているこの家の息子やむこたちよりも手あつく扱われているのである。この男が藁《わら》と苔《こけ》を詰めた上等な寝台と相当汚なくない毛布を当てがわれているのに、残りの一家の者は、十一人の家族であるが、三尺の長さの板の上に寝るのである。彼らの客扱いのていねいなことはおよそかくの如くである。客に対してこんな温い心を持っているこの同じ婆さんは、病人を前にして私にこういったものである。Singo, singo, homte hi mulo. もうじき、もうじき、この男は死にます。つまるところ、この連中の生活は、あまりにもしがないものであるために、死の予告は彼らに何ら恐るるに足るものではないのである。

ボヘミヤ人の性質の注目すべき特徴は、宗教に対する無関心であると言えよう。さりとて彼らが無信仰主義者とか懐疑主義者であるというわけではない。決して彼らは無神論に帰服しているのではない。それどころか、彼らの今住んでいる国の宗教がすなわち彼らの宗教である。国をかえるたびに、宗教をかえるのである。未開人にあって宗教的感情の代位をつとめる迷信もまた、彼らには同じく無縁である。事実、ほかの連中の盲信をふんだんに食い物にして生きている先生たちの間に迷信が存在するはずがない。それでも、作者はスペインのボヘミヤ人の間に死んだ人間のからだに手をふれることに対する、ふしぎなくらいの恐怖を認めたことがある。金をもらっても死人を墓地へ運んで行くことを承知するものはほとんどない。

筆者はさきに、ボヘミヤの女はたいてい占いをやっていると言って置いた。彼女たちはまったくじょうずにやってのける。が、彼女らにとって大した利益のもとになるのは恋のまじないと、ほれ薬類の販売である。彼女たちは、浮気っぽい心をつなぎとめるためにがまの足をつるしたり、気のない連中をほれ合わせるために、磁石の粉末を調剤したりするばかりでなく、頼まれれば、強力な呪《のろ》いなどもかける。この呪いは悪魔にどうしても力を貸させるようにする効力があるのである。昨年、あるスペインの婦人が、作者に次のような物語りをしたことがある。ある日のこと、その婦人が、何か気がかりなことがあって、ひどく悲しい気持で、アルカラ通りを通りかかると、舗道の上にうずくまっていた一人のボヘミヤ女が、彼女に向かって、こう叫んだのである。「美しい奥さん、あなたのいい人はあなたを裏切りましたね。――それはほんとのことであった。――奥さんいかがです。呼び返して上げましょうか?」この申し出がいかなる歓喜の情を以て受けいれられたか、また、たった一目で、こんな風に、胸の奥深くひそめた他人の秘密を見抜いた女のおこさせた信頼の気持が、どんなに深いものであったかは、申すまでもないことであろう。マドリッド第一の繁華の往来のまんなかで、魔法を実地にやることは、できない相談だったので、翌日さるところで会うことに話がきまった。「不実な男をあなたの足下へひっぱって来るほどたやすいことがあるものですか。」こうヒタナが言うのである。「その人があなたにくれた、ハンカチーフか、ショールかヴェールか、何かお持ちでしょうかね?」で、その女に絹の肩掛を渡した。「今度はまっかな絹糸で、肩掛の一方の隅へピヤーストラを一枚、ぬいこんでいただきましょう。——もう一つの隅へは半ピヤーストラを、ここへは、ペセータを、そこへは、二レアールの銅貨一枚、ぬいこんでください。それからまんなかへは、金貨を一枚ぬいこまなくてはいけません。ドブローンだともっといいのですがね。」そこで、ドブローンを始め、その他の物をぬいこんだ。「さあそこで、その肩掛を私に貸していただきます。今夜、夜中の十二時が鳴ったら、カンポーサントへ持ってまいります。おもしろい魔法が見たかったら、一緒にお出でなさい。あすからまた、いいお方に会えることは、うけ合っておきますよ。」ボヘミヤ女だけが、カンポーサントへ向けて出かけて行った。この女について行くには、魔法はあまりに気味が悪かったのである。この捨てられた気の毒な婦人が、彼女の肩掛と不実な男とに再びお目にかかったかどうかは、読者諸君の想像にまかせることにする。

ひどくしがない暮しをしており、世間からつまはじきをされているにもかかわらず、それでもボヘミヤ人は、無知もうまいな男女の間には、若干の尊敬をかち得ている。そうして、そのことを大いに自慢にしている。彼らは、物しりの点に関しては、卓越した種族であると、自任しているのであって、自分らを歓待してくれる連中を、ひそかにけいべつしているのである。ヴォージュのあるボヘミヤ人の女が私にこういったことがある――世間の衆《ジャンティ》と来たら、あまり間抜けなものだから、だましても何もいばることがありませんよ。この間、ある百姓のおかみさんが往来で、私を呼びとめましたので、その家へはいって行きますと、へっついがいぶって困るんで、巧く煙のはけるように、まじないをしてくれろと、こう申すじゃございませんか。私はまず塩漬の豚の脂身のいいところを出させました。それからロマニ語で二語三語ぶつぶつとなえました。「お前さんはたわけ者だよ。こけで生れてこけで死ぬ……」こう言ってやりましたのです。そうして戸口のところまで出て来ると、立派なドイツ語でこういってやりました。「へっついをいぶらせない方法で、まちがいっこのないのは、火をたかないことさ。」それから一目散に逃げてやりましたよ。

ボヘミヤ人の歴史は、今日なお一個の問題である。彼らの最初の集団の幾組かが、人数はきわめて少なかったが、十六世紀の初頭、ヨーロッパの東部にあらわれたことだけは、たしかにわかっているが、どこから来たか、また、なぜヨーロッパへやって来たかは説明できない。のみならず、これはさらにいっそう奇異なことであるが、いかにして彼らが、わずかの間に、あのような驚くべき規模で、相互に非常にへだたっている多数の地方に増殖したかは知られていない。ボヘミヤ人自身も、その発祥については、何ら伝説を伝えていない。彼らの大部分の者がエジプトを一番元の故国であるように語っているにしても、それはずっと昔、彼らに関してひろがった作り話を、彼ら自身採用したものにほかならない。

ボヘミヤ人の言葉を研究した東方学者の大部分は、ボヘミヤ人はインド出生であると信じている。事実、ロマニ語の語根の大多数ならびに多くの文法上の形態は、サンスクリットより派生せる多くの語法中に存在せるものの如くである。長い間の放浪の旅の間に、ボヘミヤ人が多くの外国語を採用したことは認められる。ロマニ語のすべての方言を通じて、多数のギリシャ語の存在が認められる。例えば、cocal(骨)は χόχχαλον から、petalli(蹄鉄《ていてつ》)は πέταλον から、cafi(釘)は χαρφί から、といった具合である。今日では、相互にはなればなれになった同一種族の部族がたくさんあるので、ほとんどそれに劣らず、相ことなった方言の数も多い。至る所で、彼らは今住んでいる国の言葉を、自分自身の言葉よりもはるかに容易にあやつる。自分たちの国語は、他国人の前で、勝手に内証話をする時でなければ、使わない。ドイツに住んでいるボヘミヤ人の方言と、数世紀にわたって連絡の絶えているスペインに住んでいる連中の方言とを、比較して見るならば、共通の言葉が非常にたくさん存在していることが認められる。が、原語は、いたるところにおいて、多少程度の差こそあるが、より進化した言語を、これらの放浪人種がどうしても用いるようになるので、それとの接触のため、著しい変化を受けている。一方ではドイツ語が、他方ではスペイン語が、非常にロマニ語の根本を変化させたので、「黒森」地方に住むボヘミヤ人が、アンダルシヤにいる同族のだれかと談話をまじえることは、不可能かもしれない。ただしふたことみことまじえるだけで、両方が同一言語から派生した方言を話しているのであることを認め合うには十分である。きわめて頻繁に使用された若干の言葉は、いずれの方言にも共通のようである。例えば、私の見得た限りのあらゆる語彙《ごい》では **pani** は水を、**manro** はパンを、**mâs** は肉を、**lon** は塩を、意味している。

数の名称はどこでもほとんど同一である。ドイツ地方の方言の方が、スペインの方言よりも、はるかに純粋のように思われる。ヒタノスがカスティーリャの文法上の形式を採用したのに反し、ドイツ系の方言は、多くの原始的な文法上の形式を保存している。

しかし若干の言葉は例外で、それは古い時代に言語が共通であったことを証明している。――すなわち、ドイツ地方の方言の動詞の過去の形は命令形(これはいつでも動詞の語根である)に ium をつけてつくる。スペイン地方のロマニ語の動詞はすべて、カスティーリャ語の第一変化の動詞の例にならって、変化する。jamar(食べる)なる原形から、規則通り jamé(食べた)を作り、lillar(とる)から lillé(とった)を作ることになる。しかし年寄りのボヘミヤ人の中には例外的に、jayon, lillon と言うものもある。こうした古い形を保存した動詞をこのほかには筆者は知らない。

ロマニ語に関する作者の貧弱な知識を御覧の通り披露いたすに際し、われわれフランスの盗人諸君がボヘミヤ人から借用に及んだ若干のフランス語の隠語は、ぜひとも、書きとめておかねばならぬ。『パリの秘密』は chourin が短刀の意味であることを上流の人々にも教えた。これは純粋のロマニ語から出たもので、tchouri はあらゆる方言に共通している言葉の一つなのである。ヴィドック氏は馬を grès といっているが、これもまたボヘミヤ語で、gras, gre, graste, gris などともいう。さらにつけ加えれば、パリの隠語で romanichel というのはボヘミヤ人のことである。これは rommané tchave(ボヘミヤ男子)のなまったものである。しかし、作者が内々得意になっている語原問題は frimousse の語原である。これは面とか顔とかいう意味で、小学校の子供なら誰でも使っている、あるいは、作者が子供の時分に使っていた、言葉である。第一に、ウダンが、一六四〇年、その珍重すべき辞書の中に、**firlimouse** と書いたことを、注意されたい。ところで、**firla, fila** はボヘミヤ語で顔を意味し、**mui** も同じ意味である。ちょうどラテン語の **os** にあたる。**firlamui** なる複合語は、純粋のボヘミヤ人には直ちに理解された。これはこの言葉の性質に妥当しているものであると作者は信じている。

さて、カルメンの読者諸君に向かって、ロマニ語に関する私の研究が、まんざらでないことを知っていただくには、これくらいで十分であろう。ちょうど、おあつらえ向きに、胸にうかんで来た次の格言をしるして筆をおくことにする。**En retudi panda nasti abela macha.** 閉じたる口に、蠅《はえ》は入らず。

（一）　ドイツにいるボヘミヤ人は、caléという言葉を完全に解しているにもかかわらず、こういう風に呼ばれることを好んでいないように、筆者には思われた。彼らは彼ら同士では「ロマネ・チャヴェ」と呼び合っている。

訳者註

頁

二 「女という奴は怒りぽくて困る。おとなしい時は二度しかない。その一つは、ねやの中。もう一つは墓の下。」パラダスは紀元第三世紀の頃アレキサンドリアに住んでいたギリシャ人で、貧乏な学校教師と詩人をかね、おまけにヒステリーの女房を持っていた。

〃 Bellum Hispaniense（スペイン戦争）は Bellum Africum とともにシーザー〔カエサル〕のいわゆる Commentaires の中におさめられているがこの Commentaires の中で、シーザーの手になったものは（それも未完成）、De bello gallico（ゴール戦争）と De bello civili（内乱）だけであり、『スペイン戦争』はだれか配下の将校の手になったものであろうと言われている。「著者不明の古文書」と言っているのは、そのためであり、『ゴール遠征記《コマンテール》』一巻をたずさえて行くのも、そのためである。

一四 『旧約聖書』士師記、第七章四―五節。

一八 「からす軒」の意。

三 パイヨ版ヴァレリ・ラルボの序文によれば、gazpacho はサラダではなく、油とにらを入れて冷くして出す一種のスープであり、当時のスペインに関するメリメの記述中、ほとんど唯一の誤りだという。

三　sorzicos バスク地方の舞踏曲。
〃　ミルトン『失楽園』第一篇五十四行以下。
三三　コルネイユ(P. Corneille 1606–1684)の有名な悲劇『ル・シッド』(Le Cid)の中の第四幕第三場の有名なせりふ、「星より落つる薄明り、折からみつる上潮に、乗ると見えしは軍船三十。」をもじったもの。
三六　Brantôme(1534–1614)Pierre de Bourdeille, abbé de Brantôme 肩書だけは僧侶《そうりょ》の軍人。多くの『覚え書』の著者。ここでメリメの言っているのは、Vies des dames gallantes(『淑女列伝』)のことであろう。
四三　“Petit pendememt bien joli”(ちょっとおもしろい絞罪の刑)をなまったもの。モリエールの『プールソーニャック氏』の第三幕第三景のせりふのもじり。
四七　テニスに似た競技。
七六　人の金をあずかってその代理で、かけをするとばく師の意。
八七　『旧約聖書』創世記、第十一章。
一一七　ラブレ(Rabelais 1495–1553)の小説『パンタグリュエル』(Pantagruel)中の人物、パンタグリュエルの食客。悪がしこく、ずるくて、乱暴、悪戯を好み、しかも無類の臆病者である。この文句は第廿一章の終りにある。同じ文句を作者は『コロンバ』の中のバリッチニ弁護士にも適用している。
一一八　「だれ一人求めなかった場合」。

あとがき

従来の岩波文庫版の『カルメン』は旧仮名遣いによっていた。昭和二十四年、筑摩書房から選書の一冊として『カルメン』を出した時、新仮名遣いを採用、漢字を少くした。岩波文庫版が再度版を組み直すことになったので、この機会に新仮名によることにした。漢字の点では、僅かながら筑摩版よりさらにいっそうへらしてあるが、文章の改変はほとんど行われていない。この版の解説のかわりに、筑摩版の序の一節を次に再録する。

『カルメン』はメリメ(一八〇三―七〇)の四十三歳の時の作で、一八四五年十月一日号の『両世界評論』に発表された。知友にくばるための抜き刷りがつくられたから、これが初版と言えるわけであるが、単行本としては一八四七年初頭、『アルセーヌ・ギヨ』『オーバン神父』とあわせて、ミシェル・レヴィから出したのが最初であった。この時、雑誌にのらなかった第四章の部分が差し加えられたが、本文には大して重要な訂正はない、とTextes Français版(一九三〇)の校訂者モーリス・パルチュリエは記している。作者が生前最後に自ら手を下した訂正は、一八五二年、プーシュキンの『スペードの女王』その他の翻訳、『ゴーゴリ論』等をそえて、『ヌヴェル』という題で出した版において行われている。だから、当然、これを定本として採用するのが、正しい。その後の流布版は、大体、それに従いながら、理由のない変改を多少加えている。パイヨ版(一九二七)の校訂をしたヴァレリ・ラルボ、シャンピヨン版の全集(一九二七)を校訂したデュプイは、いずれも、一八四七年の初版の再現を志している。デュプイの版、パルチュリエの版には、むろん、ヴァリアントがそえられているから、われわれは、それらの版の相違を、それによって推察することができる。それが、この作品に対する解釈或は評価を、変化させるような種類のものでないことは断言できる。訳者が昭和四年この訳書を岩波文庫から出したときは、カルマン・レヴィ版の流布本により、折よく入手することのできたパイヨ版を参照したが、今回は、テキスト・フランセ版を見ることができたので、当然の義務として、これを参照し、できるだけ、一八五二年版を生かすことにつとめた。

一九五八年九月

訳者しるす

※本書中に差別的な表現とされるような語が用いられているところが若干あるが、訳者が故人であることも鑑みて、今回それらを改めることはしなかった。 (二〇〇七年一〇月、岩波文庫編集部)

カルメン　メリメ作

1929年4月25日　第1刷発行
1960年12月5日　第33刷改版発行
2007年10月4日　第87刷改版発行
2009年3月5日　第89刷発行

訳　者　杉《すぎ》　捷夫《としお》

発行者　山口昭男

発行所　株式会社　岩波書店
〒101-8002 東京都千代田区一ツ橋2-5-5

案内 03-5210-4000　販売部 03-5210-4111
文庫編集部 03-5210-4051
http://www.iwanami.co.jp/

印刷・法令印刷　カバー・精興社　製本・桂川製本

ISBN4-00-325343-4　　Printed in Japan

読書子に寄す

——岩波文庫発刊に際して——

岩波茂雄

真理は万人によって求められることを自ら欲し、芸術は万人によって愛されることを自ら望む。かつては民を愚昧ならしめるために学芸が最も狭き堂宇に閉鎖されたことがあった。今や知識と美とを特権階級の独占より奪い返すことはつねに進取的なる民衆の切実なる要求である。岩波文庫はこの要求に応じそれに励まされて生まれた。それは生命ある不朽の書を少数者の書斎と研究室とより解放して街頭にくまなく立たしめ民衆に伍せしめるであろう。近時大量生産予約出版の流行を見る。その広告宣伝の狂態はしばらくおくも、後代にのこすと誇称する全集がその編集に万全の用意をなしたるか。千古の典籍の翻訳企図に敬虔の態度を欠かざりしか。さらに分売を許さず読者を繋縛して数十冊を強うるがごとき、はたしてその揚言する学芸解放のゆえんなりや。吾人は天下の名士の声に和してこれを推挙するに躊躇するものである。このときにあたって、岩波書店は自己の責務のいよいよ重大なるを思い、従来の方針の徹底を期するため、すでに十数年以前より志して来た計画を慎重審議この際断然実行することにした。吾人は範をかのレクラム文庫にとり、古今東西にわたって文芸・哲学・社会科学・自然科学等種類のいかんを問わず、いやしくも万人の必読すべき真に古典的価値ある書をきわめて簡易なる形式において逐次刊行し、あらゆる人間に須要なる生活向上の資料、生活批判の原理を提供せんと欲する。この文庫は予約出版の方法を排したるがゆえに、読者は自己の欲する時に自己の欲する書物を各個に自由に選択することができる。携帯に便にして価格の低きを最主とするがゆえに、外観を顧みざるも内容に至っては厳選最も力を尽くし、従来の岩波出版物の特色をますます発揮せしめようとする。この計画たるや世間の一時の投機的なるものと異なり、永遠の事業として吾人は微力を傾倒し、あらゆる犠牲を忍んで今後永久に継続発展せしめ、もって文庫の使命を遺憾なく果たさしめることを期する。芸術を愛し知識を求むる士の自ら進んでこの挙に参加し、希望と忠言とを寄せられることは吾人の熱望するところである。その性質上経済的には最も困難多きこの事業にあえて当たらんとする吾人の志を諒として、その達成のため世の読書子とのうるわしき共同を期待する。

昭和二年七月

《ドイツ文学》

- ニーベルンゲンの歌 全二冊 — 相良守峯訳
- ラオコオン —絵画と文学との限界について — レッシング 斎藤栄治訳
- ミンナ・フォン・バルンヘルム — レッシング 小宮曠三訳
- エミーリア・ガロッティ ミス・サラ・サンプソン — レッシング 田邊玲子訳
- 若きウェルテルの悩み — ゲーテ 竹山道雄訳
- ヴィルヘルム・マイスターの修業時代 全三冊 — ゲーテ 山崎章甫訳
- ヴィルヘルム・マイスターの遍歴時代 全三冊 — ゲーテ 山崎章甫訳
- イタリア紀行 全三冊 — ゲーテ 相良守峯訳
- ファウスト 全二冊 — ゲーテ 相良守峯訳
- 詩と真実 全四冊 — ゲーテ 山崎章甫訳
- 色彩論 —色彩学の歴史 — ゲーテ 菊池栄一訳
- ゲーテとの対話 全三冊 — エッカーマン 山下肇訳
- たくみと恋 — シラー 実吉捷郎訳
- 改訳オルレアンの少女 — シルレル 佐藤通次訳
- ヒュペーリオン —希臘の世捨人 — ヘルデルリーン 渡辺格司訳
- ヘルダーリン詩集 — 川村二郎訳

- 青い花 — ノヴァーリス 青山隆夫訳
- 完訳グリム童話集 全五冊 — 金田鬼一訳
- ホフマン短篇集 — 池内紀編訳
- 水妖記（ウンディーネ） — フーケー 柴田治三郎訳
- ミヒャエル・コールハースの運命 —或る古記録より — クライスト 吉田次郎訳
- 影をなくした男 — シャミッソー 池内紀訳
- ドイツ古典哲学の本質 — ハイネ 伊東勉訳
- 流刑の神々・精霊物語 — ハイネ 小沢俊夫訳
- ロマンツェーロー 全二冊 — ハイネ 井汲越次訳
- ザッフォオ — グリルパルツェル 実吉捷郎訳
- みずうみ 他四篇 — シュトルム 関泰祐訳
- 地霊・パンドラの箱 —ルル二部作 — F・ヴェデキント 岩淵達治訳
- トオマス・マン短篇集 — 実吉捷郎訳
- 魔の山 全二冊 — トーマス・マン 関泰祐・望月市恵訳
- トニオ・クレエゲル — トオマス・マン 実吉捷郎訳
- ヴェニスに死す — トオマス・マン 実吉捷郎訳
- 車輪の下 — ヘルマン・ヘッセ 実吉捷郎訳

- デミアン — ヘルマン・ヘッセ 実吉捷郎訳
- マリー・アントワネット 全二冊 — シュテファン・ツワイク 高橋禎二・秋山英夫訳
- 変身・断食芸人 — カフカ 山下肇・山下萬里訳
- 審判 — カフカ 辻瑆訳
- カフカ短篇集 — 池内紀編訳
- カフカ寓話集 — 池内紀編訳
- 三文オペラ — ブレヒト 岩淵達治訳
- ガリレイの生涯 — ベルトルト・ブレヒト 岩淵達治訳
- 肝っ玉おっ母とその子どもたち — ブレヒト 岩淵達治訳
- ユダヤ人のブナの木 — ドロステ=ヒュルスホフ 番匠谷英一訳
- 短篇集死神とのインタヴュー — ノサック 神品芳夫訳
- 愛の完成・静かなヴェロニカの誘惑 — ムージル 古井由吉訳
- 雀横丁年代記 — ラーベ 伊藤武雄訳
- ティル・オイレンシュピーゲルの愉快ないたずら — 阿部謹也訳
- チャンドス卿の手紙 他十篇 — ホフマンスタール 檜山哲彦訳
- インド紀行 全二冊 — ボンゼルス 実吉捷郎訳
- ドイツ名詩選 — 生野幸吉・檜山哲彦編

果てしなき逃走　ヨーゼフ・ロート　平田達治訳
暴力批判論 他十篇 ―ベンヤミンの仕事1　ベンヤミン　野村修編訳
ボードレール 他五篇 ―ベンヤミンの仕事2　ベンヤミン　野村修編訳
メルヒェン集 盗賊の森の一夜　ハウフ　池田香代子訳
罪なき罪 ―エフィ・ブリースト 全二冊　フォンターネ　加藤一郎訳
迷路　フォンターネ　伊藤武雄訳
ヴォイツェク・ダントンの死・レンツ　ビューヒナー　岩淵達治訳
聖者　マイエル　伊藤武雄訳

《フランス文学》

トリスタン・イズー物語　ベディエ編　佐藤輝夫訳
日月両世界旅行記　シラノ・ド・ベルジュラック　赤木昭三訳
嘘つき男・舞台は夢　コルネイユ　岩瀬孝・井村順一訳
ラ・ロシュフコー箴言集　二宮フサ訳
ブリタニキュス・ベレニス　ラシーヌ　渡辺守章訳
ドン・ジュアン ―石像の宴　モリエール　鈴木力衛訳
孤客（ミザントロオプ）　モリエール　辰野隆訳
いやいやながら医者にされ　モリエール　鈴木力衛訳

守銭奴　モリエール　鈴木力衛訳
完訳 ペロー童話集　新倉朗子訳
ラ・フォンテーヌ 寓話 全二冊　ラ・フォンテーヌ　今野一雄訳
クレーヴの奥方 他二篇　ラファイエット夫人　生島遼一訳
カンディード 他五篇　ヴォルテール　植田祐次訳
マノン・レスコー　アベ・プレヴォ　河盛好蔵訳
ジル・ブラース物語 全四冊　ル・サージュ　杉捷夫訳
フィガロの結婚　ボオマルシェエ　辰野隆訳
危険な関係 全二冊　ラクロ　伊吹武彦訳
美味礼讃 全二冊　ブリア・サヴァラン　関根秀雄・戸部松実訳
アドルフ　コンスタン　大塚幸男訳
赤と黒 全二冊　スタンダール　桑原武夫・生島遼一訳
パルムの僧院 全二冊　スタンダール　生島遼一訳
カストロの尼 他二篇　スタンダール　桑原武夫訳
アンリ・ブリュラールの生涯 全二冊　スタンダール　桑原武夫・生島遼一訳
知られざる傑作 他五篇　バルザック　水野亮訳
谷間のゆり　バルザック　宮崎嶺雄訳

「絶対」の探求　バルザック　水野亮訳
ゴリオ爺さん 全二冊　バルザック　高山鉄男訳
レ・ミゼラブル 全四冊　ユーゴー　豊島与志雄訳
死刑囚最後の日　ユーゴー　豊島与志雄訳
モンテ・クリスト伯 全七冊　アレクサンドル・デュマ　山内義雄訳
三銃士 全二冊　デュマ　生島遼一訳
カルメン　メリメ　杉捷夫訳
メリメ怪奇小説選　杉捷夫編訳
愛の妖精（プチット・ファデット）　ジョルジュ・サンド　宮崎嶺雄訳
フランス田園伝説集　ジョルジュ・サンド　篠田知和基訳
笛師のむれ 全二冊　ジョルジュ・サンド　宮崎嶺雄訳
ボオドレール 悪の華　鈴木信太郎訳
パリの憂愁　ボードレール　福永武彦訳
ボヴァリー夫人 全二冊　フローベール　伊吹武彦訳
感情教育 全二冊　フローベール　生島遼一訳
聖アントワヌの誘惑　フローベール　渡辺一夫訳
ブヴァールとペキュシェ 全三冊　フローベール　鈴木健郎訳

椿姫　デュマ・フィス　吉村正一郎訳
陽気なタルタラン —タルタラン・ド・タラスコン　ドーデー　小川泰一訳
テレーズ・ラカン 全二冊　エミール・ゾラ　小林正訳
ジェルミナール 全三冊　エミール・ゾラ　安士正夫訳
大地 全三冊　エミール・ゾラ　田辺貞之助・河内清訳
氷島の漁夫　ピエール・ロチ　吉氷清訳
お菊さん　ピエル・ロチ　野上豊一郎訳
ノア・ノア　ポール・ゴーガン　前川堅市訳
脂肪のかたまり　モーパッサン　高山鉄男訳
モーパッサン短篇選　高山鉄男編訳
モントリオル 全二冊　モーパッサン　杉捷夫訳
地獄の季節　ランボオ　小林秀雄訳
にんじん　ルナアル　岸田国士訳
ジャン・クリストフ 全四冊　ロマン・ローラン　豊島与志雄訳
ベートーヴェンの生涯　ロマン・ロラン　片山敏彦訳
狭き門　アンドレ・ジイド　川口篤訳
ジイドソヴェト旅行記　小松清訳

ムッシュー・テスト　ポール・ヴァレリー　清水徹訳
シラノ・ド・ベルジュラック　ロスタン　辰野隆・鈴木信太郎訳
海の沈黙・星への歩み　ヴェルコール　河野与一・加藤周一訳
恐るべき子供たち　コクトー　鈴木力衛訳
地底旅行　ジュール・ヴェルヌ　朝比奈弘治訳
八十日間世界一周　ジュール・ヴェルヌ　鈴木啓二訳
海底二万里 全二冊　ジュール・ヴェルヌ　朝比奈美知子訳
プロヴァンスの少女（ミレイユ）　ミストラル　杉冨士雄訳
結婚十五の歓び　新倉俊一訳
歌物語 オーカッサンとニコレット　川本茂雄訳
キャピテン・フラカス 全三冊　ゴーティエ　田辺貞之助訳
モーパン嬢 全二冊　ゴーティエ　井村実名子訳
家なき娘（アン ファミーユ） 全二冊　エクトル・マロ　津田穣訳
パリの夜 —革命下の民衆　レチフ・ド・ラ・ブルトンヌ　植田祐次編訳
シェリ　コレット　工藤庸子訳
フランス短篇傑作選　山田稔編訳
シュルレアリスム宣言・溶ける魚　アンドレ・ブルトン　巌谷國士訳

ナジャ　アンドレ・ブルトン　巌谷國士訳
フランス名詩選　安藤元雄・入沢康夫・渋沢孝輔編
狐物語　鈴木覺・福本直之・原野昇訳
繻子の靴 全二冊　ポール・クローデル　渡辺守章訳
幼なごころ　ヴァレリー・ラルボー　岩崎力訳
心変わり　ミシェル・ビュトール　清水徹訳
けものたち・死者の時　ピエール・ガスカール　渡辺一夫・佐藤朔・二宮敬訳

《東洋思想》

- 易経　全二冊　高田真治・後藤基巳訳
- 論語　金谷治訳注
- 孔子家語　藤原正校訳
- 孟子　全二冊　小林勝人訳注
- 荘子　全四冊　金谷治訳注
- 新訂 孫子　金谷治訳注
- 荀子　全二冊　金谷治訳注
- 韓非子　全四冊　金谷治訳注
- 孝経・曾子　武内義雄・坂本良太郎訳註
- 史記列伝　全五冊　司馬遷／小川環樹・今鷹真・福島吉彦訳
- 春秋左氏伝　全三冊　小倉芳彦訳
- 千字文　小川環樹・木田章義注解
- 大学・中庸　金谷治訳注
- 章炳麟集 ―清末の民族革命思想　西順蔵・近藤邦康編訳
- 随園食単　袁枚／青木正児訳註
- ユトク伝 ―チベット医学の教えと伝説　中川和也訳
- インド思想史　J・ゴンダ／鎧淳訳

《仏教》

- ブッダのことば ―スッタニパータ　中村元訳
- ブッダの真理のことば・感興のことば　中村元訳
- 般若心経・金剛般若経　中村元・紀野一義訳註
- 法華経　全三冊　坂本幸男・岩本裕訳注
- 浄土三部経　全二冊　中村元・早島鏡正・紀野一義訳註
- 大乗起信論　宇井伯寿・高崎直道訳注
- 天台小止観 ―坐禅の作法　天台大師／関口真大訳注
- 臨済録　入矢義高訳注
- 碧巌録　全三冊　入矢義高・溝口雄三・末木文美士・伊藤文生訳注
- 無門関　西村恵信訳注
- 盤珪禅師語録　盤珪／鈴木大拙編校
- 法華義疏　全二冊　聖徳太子／花山信勝校訳
- 教行信証　親鸞／金子大栄校訂
- 歎異抄　金子大栄校注
- 正法眼蔵　全四冊　道元／水野弥穂子校注
- 正法眼蔵随聞記　懐奘編／和辻哲郎校訂
- 道元禅師清規　大久保道舟訳註
- 一遍聖絵　聖戒編／大橋俊雄校注
- 日本的霊性　鈴木大拙／篠田英雄校訂
- 新編 東洋的な見方　鈴木大拙／上田閑照編
- 仏教　全二冊　ベック／渡辺照宏・渡辺重朗訳
- ブッダ最後の旅 ―大パリニッバーナ経　中村元訳
- 仏弟子の告白 ―テーラガーター　中村元訳
- 尼僧の告白 ―テーリーガーター　中村元訳
- ブッダ神々との対話 ―サンユッタ・ニカーヤI　中村元訳
- ブッダ悪魔との対話 ―サンユッタ・ニカーヤII　中村元訳
- 選択本願念仏集　法然／大橋俊雄校注
- 法然上人絵伝　全二冊　大橋俊雄校注

《歴史・地理》

新訂 魏志倭人伝・後漢書倭伝・宋書倭国伝・隋書倭国伝 —中国正史日本伝1　石原道博編訳

新訂 旧唐書倭国日本伝・宋史日本伝・元史日本伝 —中国正史日本伝2　石原道博編訳

ヘロドトス 歴史 全三冊　松平千秋訳

ガリア戦記　カエサル　近山金次訳

タキトゥス ゲルマーニア　泉井久之助訳註

タキトゥス 年代記 全二冊　国原吉之助訳

元朝秘史 全二冊　小澤重男訳

政治問答 他一篇　ランケ　相原信作訳

古代への情熱 —シュリーマン自伝　シュリーマン　村田数之亮訳

一外交官の見た明治維新 全二冊　アーネスト・サトウ　坂田精一訳

ベルツの日記 全二冊　トク・ベルツ編　菅沼竜太郎訳

インディアスの破壊についての簡潔な報告　ラス・カサス　染田秀藤訳

コロンブス航海誌　林屋永吉訳

偉大なる道 —朱徳の生涯とその時代 全二冊　アグネス・スメドレー　阿部知二訳

大森貝塚 —付 関連史料　E・S・モース　近藤義郎・佐原真編訳

中世的世界の形成　石母田正

クリオの顔 —歴史随想集　E・H・ノーマン　大窪愿二編訳

日本における近代国家の成立　E・H・ノーマン　大窪愿二訳

旧事諮問録 —江戸幕府役人の証言 全二冊　旧事諮問会編　進士慶幹校注

ローマ皇帝伝 全二冊　スエトニウス　国原吉之助訳

回想の明治維新 —一ロシア人革命家の手記　メーチニコフ　渡辺雅司訳

アリランの歌 —ある朝鮮人革命家の生涯　ニム・ウェールズ　キム・サン　松平いを子訳

インカの反乱 —被征服者の声　ティトゥ・クシ・ユパンギ述　染田秀藤訳

北京年中行事記　清敦崇編　小野勝年訳註

紫禁城の黄昏　R・F・ジョンストン　入江曜子・春名徹訳

ヒュースケン日本日記 —一八五五～六一　ヒュースケン　青木枝朗訳

シルクロード 全二冊　ヘディン　福田宏年訳

さまよえる湖 全二冊　ヘディン　福田宏年訳

十八世紀パリ生活誌 —タブロー・ド・パリ 全二冊　メルシエ　原宏編訳

崇高なる者 —一九世紀パリ民衆生活誌　ドニ・プロ　見富尚人訳

ヨーロッパ文化と日本文化　ルイス・フロイス　岡田章雄訳注

ギリシア案内記 全二冊　パウサニアス　馬場恵二訳

十八世紀ヨーロッパ監獄事情　ジョン・ハワード　川北稔・森本真美訳

東京に暮す —一九二八～一九三六　キャサリン・サンソム　大久保美春訳

幕末維新懐古談　高村光雲

増補 幕末百話　篠田鉱造

明治百話 全二冊　篠田鉱造

日本中世の村落　清水三男　大山喬平・馬田綾子校注

ガレー船徒刑囚の回想　ジャン・マルテーユ　木崎喜代治訳

一七八九年—フランス革命序論　G・ルフェーヴル　高橋幸八郎・柴田三千雄・遅塚忠躬訳

革命的群衆　G・ルフェーヴル　二宮宏之訳

西洋事物起原 全四冊　ヨハン・ベックマン　特許庁内技術史研究会訳

植物巡礼 —プラント・ハンターの回想　F・キングドン－ウォード　塚谷裕一訳

ツアンポー峡谷の謎　F・キングドン－ウォード　金子民雄訳

歴史序説 全四冊　イブン＝ハルドゥーン　森本公誠訳

ムガル帝国誌 全二冊　ベルニエ　関美奈子・倉田信子訳

アレクサンドロス大王東征記 全二冊　アッリアノス　大牟田章訳

雍州府志 —近世京都案内 全二冊　黒川道祐　宗政五十緒校訂

クック 太平洋探検 全六冊　増田義郎訳

ダンピア 最新世界周航記 全二冊　平野敬一訳

《東洋文学》

- 王維詩集 — 小川環樹・都留春雄・入谷仙介選訳
- 杜詩 全八冊 — 鈴木虎雄・黒川洋一訳註
- 杜甫詩選 — 黒川洋一編
- 李白詩選 — 松浦友久編訳
- 蘇東坡詩選 — 小川環樹・山本和義選訳
- 陶淵明全集 全二冊 — 松枝茂夫・和田武司訳注
- 唐詩選 全三冊 — 前野直彬注解
- 玉台新詠集 全三冊 — 鈴木虎雄訳解
- 完訳 三国志 全八冊 — 小川環樹・金田純一郎訳
- 金瓶梅 全十冊 — 小野忍・千田九一訳
- 完訳 水滸伝 全十冊 — 吉川幸次郎・清水茂訳
- 紅楼夢 全十二冊 — 曹雪芹 高蘭墅補 松枝茂夫訳
- 西遊記 全十冊 — 中野美代子訳
- 杜牧詩選 — 松浦友久・植木久行編訳
- 菜根譚 — 洪自誠 今井宇三郎訳注
- 阿Q正伝・狂人日記 他十二篇 — 魯迅 竹内好訳
- 笑府 —中国笑話集 全二冊 — 馮夢竜撰 松枝茂夫訳
- 中国名詩選 全三冊 — 松枝茂夫編
- 通俗古今奇観 —付 月下清談 全三冊 — 淡斎主人訳 青木正児校註
- 結婚狂詩曲(囲城) 全二冊 — 銭鍾書 荒井健・中島長文・中島みどり訳
- 唐宋伝奇集 全二冊 — 今村与志雄訳
- 聊斎志異 全二冊 — 蒲松齢 立間祥介編訳
- 陸游詩選 — 一海知義編
- シャクンタラー姫 — カーリダーサ 辻直四郎訳
- 公女マーラヴィカーとアグニミトラ王 他一篇 — カーリダーサ 大地原豊訳
- マハーバーラタ ナラ王物語 —ダマヤンティー姫の数奇な生涯 — 鐙淳訳
- バガヴァッド・ギーター — 上村勝彦訳
- 朝鮮童謡選 — 金素雲訳編
- 朝鮮詩集 — 金素雲訳編
- アイヌ神謡集 — 知里幸恵編訳
- アイヌ叙事詩 ユーカラ — 金田一京助採集並ニ訳
- サキャ格言集 — 今枝由郎訳

《ギリシア・ラテン文学》

- ホメロス イリアス 全二冊 — 松平千秋訳
- ホメロス オデュッセイア 全二冊 — 松平千秋訳
- イソップ寓話集 — イソップ 中務哲郎訳
- アイスキュロス アガメムノーン — 久保正彰訳
- アンティゴネー — ソポクレース 呉茂一訳
- ソポクレス オイディプス王 — 藤沢令夫訳
- ソポクレス コロノスのオイディプス — ソポクレス 高津春繁訳
- タウリケーのイーピゲネイア — エウリーピデース 久保田忠利訳
- ヘシオドス 神統記 — 廣川洋一訳
- ヘーシオドス 仕事と日 — 松平千秋訳
- 女の平和 —リューシストラテー — アリストパネース 高津春繁訳
- アポロドーロス ギリシア神話 — 高津春繁訳
- 神々の対話 他六篇 — ルキアーノス 呉茂一・山田潤二訳
- オウィディウス 変身物語 全二冊 — 中村善也訳
- ギリシア・ローマ名言集 — 柳沼重剛編
- ギリシア恋愛小曲集 — 中務哲郎訳

ギリシア・ローマ神話 —付 インド・北欧神話 ブルフィンチ 野上弥生子訳

《南北ヨーロッパ他文学》

ダンテ 神曲 全三冊 山川丙三郎訳
ダンテ 新生 山川丙三郎訳
死の勝利 全二冊 ダヌンツィオ 野上素一訳
カヴァレリーア・ルスティカーナ 他十一篇 ヴェルガ 河島英昭訳
イタリア民話集 全二冊 河島英昭編訳
むずかしい愛 カルヴィーノ 和田忠彦訳
愛神の戯れ —牧歌劇『アミンタ』 トルクァート・タッソ 鷲平京子訳
ペトラルカ ルネサンス書簡集 ペトラルカ 近藤恒一編訳
わが秘密 ペトラルカ 近藤恒一訳
ペトラルカ＝ボッカッチョ往復書簡 近藤恒一編訳
故郷 パヴェーゼ 河島英昭訳
美しい夏 パヴェーゼ 河島英昭訳
シチリアでの会話 ヴィットリーニ 鷲平京子訳
山猫 トマージ・ディ・ランペドゥーサ 小林惺訳
ラサリーリョ・デ・トルメスの生涯 会田由訳

ドン・キホーテ 全六冊 セルバンテス 牛島信明訳
セルバンテス短篇集 牛島信明編訳
三角帽子 他二篇 アラルコン 会田由訳
緑の瞳・月影 他十二篇 ベッケル 高橋正武訳
三大悲劇集 血の婚礼 他二篇 ガルシーア・ロルカ 牛島信明訳
エル・シードの歌 長南実訳
プラテーロとわたし J.R.ヒメーネス 長南実訳
オルメードの騎士 ロペ・デ・ベガ 長南実訳
完訳アンデルセン童話集 全七冊 大畑末吉訳
即興詩人 全二冊 アンデルセン 大畑末吉訳
絵のない絵本 アンデルセン 大畑末吉訳
アンデルセン自伝 大畑末吉訳
イプセン 人形の家 原千代海訳
イプセン 野鴨 原千代海訳
イプセン 幽霊 原千代海訳
イプセン ヘッダ・ガーブレル 原千代海訳
ポルトガリヤの皇帝さん ラーゲルレーヴ イシガオサム訳

巫女 ラーゲルクヴィスト 山下泰文訳
クォ・ワディス 全三冊 シェンキェーヴィチ 木村彰一訳
山椒魚戦争 カレル・チャペック 栗栖継訳
ロボット (R・U・R) チャペック 千野栄一訳
灰とダイヤモンド 全二冊 アンジェイエフスキ 川上洸訳
完訳千一夜物語 全十三冊 豊島与志雄・渡辺一夫・佐藤正彰・岡部正孝訳
ルバイヤート オマル・ハイヤーム 小川亮作訳
王書 —古代ペルシャの神話・伝説 フェルドウスィー 岡田恵美子訳
コルタサル短篇集 悪魔の涎・追い求める男 他八篇 木村榮一訳
ペドロ・パラモ ファン・ルルフォ 杉山晃・増田義郎訳
伝奇集 J.L.ボルヘス 鼓直訳
アフリカ農場物語 全二冊 オリーヴ・シュライナー 大井真理子・都築忠七訳

《ロシア文学》

パナーエフ 文学的回想 全二冊 井上満訳
オネーギン プーシキン 池田健太郎訳
スペードの女王・ベールキン物語 プーシキン 神西清訳
大尉の娘 プーシキン 神西清訳

プーシキン詩集　プーシキン　金子幸彦訳
肖像画・馬車　ゴーゴリ　平井肇訳
狂人日記　他二篇　ゴーゴリ　横田瑞穂訳
外套・鼻　ゴーゴリ　平井肇訳
死せる魂　全三冊　ゴーゴリ　平井肇・横田瑞穂訳
オブローモフ　全三冊　ゴンチャロフ　米川正夫訳
現代の英雄　レールモントフ　中村融訳
貴族の巣　トゥルゲーニェフ　小沼文彦訳
ロシヤは誰に住みよいか　ネクラーソフ　谷耕平訳
デカブリストの妻　ネクラーソフ　谷耕平訳
二重人格　ドストエフスキー　小沼文彦訳
罪と罰　全三冊　ドストエフスキー　江川卓訳
白痴　全二冊　ドストエーフスキイ　米川正夫訳
ドストエフスキー妻への手紙　全二冊　谷耕平訳
未成年　全三冊　ドストエーフスキイ　米川正夫訳
カラマーゾフの兄弟　全四冊　ドストエーフスキイ　米川正夫訳
永遠の夫　ドストエーフスキイ　神西清訳

アンナ・カレーニナ　全三冊　トルストイ　中村融訳
幼年時代　トルストイ　藤沼貴訳
少年時代　トルストイ　藤沼貴訳
戦争と平和　全六冊　トルストイ　藤沼貴訳
民話集 人はなんで生きるか　他四篇　トルストイ　中村白葉訳
民話集 イワンのばか　他八篇　トルストイ　中村白葉訳
イワン・イリッチの死　トルストイ　米川正夫訳
復活　全二冊　トルストイ　中村白葉訳
セワストーポリ　トルストイ　中村白葉訳
紅い花　他四篇　ガルシン　神西清訳
ワーニャおじさん　チェーホフ　小野理子訳
可愛い女・犬を連れた奥さん　他一篇　チェーホフ　神西清訳
桜の園　チェーホフ　小野理子訳
悪い仲間・マカールの夢　他一篇　コロレンコ　中村融訳
ゴーリキー短篇集　上田進・横田瑞穂訳編
どん底　ゴーリキイ　中村白葉訳
静かなドン　全八冊　ショーロホフ　横田瑞穂訳

ゴロヴリョフ家の人々　全二冊　シチェードリン　湯浅芳子訳
何をなすべきか　全二冊　チェルヌイシェーフスキイ　金子幸彦訳
真珠の首飾り　他二篇　レスコーフ　神西清訳
われら　ザミャーチン　川端香男里訳

岩波文庫の最新刊

イーヴリン・ウォー／小野寺健訳
回想のブライズヘッド（上）
豪壮な邸宅が聳える侯爵家の所領ブライズヘッド。侯爵家の次男で学生時代の友セバスチアンをめぐる、華麗で、しかし苦悩に満ちた青春の回想。（全二冊）
〔赤二七七-二〕 **定価七三五円**

川村二郎訳
ホフマンスタール詩集
ウィーン生まれの詩人・劇作家ホフマンスタール（一八七四―一九二九）。十代から二十代にかけての若き日に書かれた「早春」等、温柔かつ幽艶かつ典雅なる詩世界。
〔赤四五七-二〕 **定価六九三円**

マリヴォー／佐藤実枝、井村順一訳
贋の侍女 愛の勝利
放蕩者のたくらみ、それに対抗する男装のヒロイン、二人の下僕も加わってつぎつぎに広がる騙しあいの輪舞。現代に復活したマリヴォーの異性装劇二作品。
〔赤五一七-七〕 **定価六九三円**

前川誠郎訳
デューラー 自伝と書簡
深い精神性と写実の画家の遺文集。家譜・覚書と書簡は、五百年前に生きた近代人の心性を映す。『ネーデルラント旅日記』姉妹編。カラー口絵のほか図版多数。
〔青五七一-二〕 **定価七九八円**

……今月の重版再開……

クセノポン／松平千秋訳
アナバシス
―敵中横断六〇〇〇キロ―
定価九四五円
〔青六〇三-二〕

高津春繁
比較言語学入門
定価七三五円
〔青六七六-一〕

樋口芳麻呂校注
王朝秀歌選
定価七九八円
〔黄一二七-一〕

朱牟田夏雄訳
ミル自伝
定価七三五円
〔白一一六-八〕

岩波文庫の最新刊

バルザック／芳川泰久訳

ゴプセック　毬打つ猫の店

巨万の富で社会を牛耳る高利貸ゴプセック、その目に映った貴族社会の頽廃。天才画家に愛された商人の娘の苦悩。初期『私生活情景』より、本邦初訳を含む二作。〔赤五三〇-一〇〕　定価六九三円

有吉佐和子

日本の島々、昔と今。

北は天売・焼尻から南は波照間・与那国まで。離島の歴史と実情を追う体当たりルポ。八〇年代の領有権、日韓大陸棚、二百カイリとは？　島国日本の問いは今も熱い。〔緑一八〇-二〕　定価九八七円

笠原順路編

対訳 バイロン詩集

—イギリス詩人選8—

憂鬱と情熱——相矛盾する複雑な感情を抱えた近代的自我の詩人バイロン(一七八八-一八二四)。原文・脚注と共にバイロン詩の醍醐味が味わえるように編集した対訳詩集。〔赤二一六-四〕　定価七九八円

イーヴリン・ウォー／小野寺健訳

回想のブライズヘッド(下)

別人のように面変わりしていた親友セバスチアン——崩壊してゆくブライズヘッド邸をめぐる、華麗な文化への甘美なノスタルジア。(全二冊完結)〔赤二七七-三〕　定価七九八円

松田道雄

定本 育児の百科(下)

—1歳6カ月から—

一九六七年の刊行後も、日課とした最新の医学の摂取と読者との交流により逐次改訂を加え、数多くの読者の熱い支持を得た本書の定本版を文庫化。(全三冊完結)〔青N一一一-三〕　定価一〇五〇円

…… 今月の重版再開 ……

松村昌家編

『パンチ』素描集

—19世紀のロンドン—

定価六九三円　〔青五六三-一〕

エドワード・リア／柳瀬尚紀訳

完訳 ナンセンスの絵本

定価五八八円　〔赤二八九-一〕

リョンロット編／小泉保訳

フィンランド叙事詩 カレワラ(上)(下)

定価各九八七円　〔赤七四五-一・二〕